Stille für Dich

365 Worte zum Tag

mit 24 Farbfotos

$\boxed{\textit{Lichtquellen}}$

ʓʓ

Quellen-Verlag
St.Gallen

1. Januar
Stille ist nicht nur Abwesenheit von Lärm,
sondern ein Schweigen, das den Menschen
Augen und Ohren öffnet für eine andere Welt. *Serge Poliakoff*

2. Januar
Nur wer nie aufhört zu wollen,
wird einmal erfahren, was er vermag. *Rudolf Georg Binding*

3. Januar
Das Misstrauen ist die Mutter der Sicherheit.

Französisches Sprichwort

4. Januar
Man braucht nur mit Liebe einer Sache nachzugehen,
so gesellt sich einem das Glück zu. *Johannes Trojan*

5. Januar
Schönheit ohne Güte ist ein Haus ohne Tür,
ein Schiff ohne Wind, eine Quelle ohne Wasser.

Italienisches Sprichwort

6. Januar

Wie träumst du dich so gross,
glaubst wunder, wer du bist!
Du füllst die Lücke aus, die eben offen ist. *Karl Gutzkow*

7. Januar

Jeder Mensch muss etwas haben, woran er ernstlich hängt.

Gottfried Keller

8. Januar

Siehst du die Welt mit hellen Augen an,
Sie wird dir hell erscheinen,
Siehst du die Welt mit trüben Augen an,
Musst über sie du weinen. *Ulrich von Hutten*

9. Januar

Dulde, gedulde dich fein!
Über ein Stündlein ist deine Kammer voll Sonne. *Paul Heyse*

10. Januar

Wenn man einen falschen Weg einschlägt,
verirrt man sich um so mehr, je schneller man geht.

Denis Diderot

11. Januar

Der Mensch hat alles verloren,
wenn er den Glauben an sich selbst verliert. *Friedrich Marezoll*

12. Januar

Das grösste Übel,
das wir unseren Mitmenschen
antun können, ist nicht, sie zu hassen,
sondern ihnen gegenüber
gleichgültig zu sein. *George Bernard Shaw*

13. Januar

Der liebe Gott, mit milder Hand,
Bedeckt mit Segen rings das Land;
Schon steht das Feld in voller Pracht,
Ein Zeuge seiner Güt' und Macht. *Ernst Moritz Arndt*

14. Januar

Jeder Mensch kann zu jeder Zeit innen neu anfangen.

Rudolf Frieling

15. Januar

In der Jugend trifft uns Amors Pfeil,
im Alter der Hexenschuss. *Sprichwort*

16. Januar
Zu wissen, was man weiss, und zu wissen,
was man nicht weiss, ist das Wissen. *Konfuzius*

17. Januar
Nach unserm Rat bleibe jeder
auf dem eingeschlagenen Wege und
lasse sich ja nicht durch Autorität imponieren,
durch allgemeine Übereinstimmung bedrängen
und durch Mode hinreissen. *J. W. Goethe*

18. Januar
Wenn wir uns auf andere verlassen,
dann sind wir oft verlassen. *Sprichwort*

19. Januar
Was es auch sei, durch Dulden besiegen wir jedes Verhängnis.

Vergil

20. Januar
Alle Freundschaft, alle Liebe ist zunächst und vor allem:
Freude eines Menschen an einem anderen. *Hans Margolius*

21. Januar

Nichts ist, das dich bewegt, du selber bist das Rad,
das aus sich selber läuft und keine Ruhe hat. *Angelus Silesius*

22. Januar

Alles, was der eigentlich weise Mensch tun kann, ist:
Alles zu einem guten Zweck zu leiten und dennoch
die Menschen zu nehmen, wie sie sind. *Georg Christoph Lichtenberg*

23. Januar

Der Hauptfehler des Menschen bleibt,
dass er so viele kleine hat. *Jean Paul*

24. Januar

Die Kleinen, die Schwachen,
die Unzugänglichen dieser Erde sind da,
um den Menschen auf die
ewige Barmherzigkeit hinzuweisen. *Gertrud von Le Fort*

25. Januar

Entrüstung ist ein erregter Zustand der Seele,
der meist dann eintritt, wenn man erwischt wird. *Wilhelm Busch*

26. Januar
Das stärkste Gegenmittel gegen den Zorn ist der Aufschub.

Seneca

27. Januar
Arbeit ist die zuverlässigste Seligkeit dieser Erde.

Ernst Wiechert

28. Januar
Vergessen und vergessen werden!
Wer lange lebt auf Erden,
Der hat wohl diese beiden
Zu lernen und zu leiden.

Theodor Storm

29. Januar
Es wird dem Menschen geschenkt zur rechten Stunde,
was er braucht; er muss warten können.

Friedrich Rittmeyer

30. Januar
Der Humor ist die Weisheitsform
des heiter resignierten Überwinders.

Carl Jakob Burckhardt

31. Januar
Schmerz ist der Vater und Liebe die Mutter der Weisheit.

Ludwig Börne

1. Februar

Erträgst du die Stille, so ist vieles um dich. *Wilhelm Lehmann*

2. Februar

Sei dir selber treu,
und daraus folgt,
so wie die Nacht dem Tage,
du kannst nicht falsch sein
gegen irgendwen.

William Shakespeare

3. Februar

Einszweidrei! Im Sauseschritt läuft die Zeit; wir laufen mit.

Wilhelm Busch

4. Februar

Jede Kinderseele ist ein Diamant.
Schleifen muss ihn die Elternhand. *Sprichwort*

5. Februar

Alt ist man dann, wenn man
an der Vergangenheit mehr Freude hat
als an der Zukunft. *John Knittel*

6. Februar

Der Gebende fühlt sich stets reich,
der Geizige immer arm.

Italienisches Sprichwort

7. Februar

Formel meines Glücks:
Ein Ja, ein Nein,
eine gerade Linie,
ein Ziel.

Friedrich Nietzsche

8. Februar

Tadeln ist leicht; deshalb versuchen sich so viele darin.
Mit Verstand loben ist schwer; darum tun es so wenige.

Anselm Feuerbach

9. Februar

Man muss das ganze irdische Leben
nicht allzu wichtig nehmen.
Vieles davon kommt uns gleichgültig vor,
sobald wir mit dem Kopf im Himmel leben.

Carl Hilty

10. Februar

Wenn ich mich zu einer Blume beuge,
dann wird es still auf der Welt.

Hermann Hiltbrunner

11. Februar

Wer unbemerkt sich in die Welt hinein und
wieder hinaus geschlichen, hat nicht schlecht gelebt. *Horaz*

12. Februar

Eine schöne Handlung aus vollem Herzen loben,
heisst in gewissem Sinne an ihr teilhaben. *La Rochefoucauld*

13. Februar

Ein Augenblick des Glückes
wiegt Jahrtausende des Nachruhms auf. *Friedrich der Grosse*

14. Februar

Sag nur, wie trägst du so behaglich der tollen
Jugend anmassliches Wesen?
Fürwahr, sie wär unerträglich,
wär ich nicht auch unerträglich gewesen. *J. W. Goethe*

15. Februar

Im Meistern der Not liegt das Glück,
nicht im Ausweichen vor der Not. *Heinrich Lhotzky*

16. Februar

Und das ist aller Menschen Weisheit Höchstes:
Die Nichtigkeit der menschlichen Natur zu kennen.

Lord Byron

17. Februar

Der ist beglückt, der sein darf, was er ist. *Friedrich von Hagedorn*

18. Februar

Es geht alles seinen Weg.
Morgen schon ist deine Not nichts.
Nur nichts so wichtig nehmen,
als ob du die Welt und Himmel zugleich wärst. *Gustav Schroer*

19. Februar

Und muss ich auch im Elend gehn,
Hab Angst und Not an allen Enden,
Ich darf nur eine Blume sehn
Und weiss die Welt in Gottes Händen. *Rudolf Alexander Schröder*

20. Februar

In unserer Macht steht die
Zurechtlegung des Leidens zum Segen. *Friedrich Nietzsche*

21. Februar

Dass man ohne Sorgen lebe,
sorgt man stets um Gut und Geld,
das doch den, der es ersorgte,
stets in Angst und Sorgen hält.

Friedrich von Logau

22. Februar

Oft schon nach einem Tag, oft schon nach einer Stunde
belächelst du den Schmerz und fühlst nicht mehr die Wunde.

Friedrich Rückert

23. Februar

Ich finde es nicht unrecht, nicht an Gott zu glauben,
ich finde es dumm.

Otto von Bismarck

24. Februar

Was bin ich denn betrübt? Ist hinter allen Dingen, die
scheinbar nicht gelingen, doch einer, der mich liebt. *Silja Walter*

25. Februar

Es gibt nur eine Arznei gegen die Traurigkeit: den Dank.

Ida Friederike Görres

26. Februar

Die Leiden sind wie Gewitterwolken:
In der Ferne sehen sie schwarz aus,
über uns kaum grau. *Jean Paul*

27. Februar

Es ist ja die allgemeine Quelle
der menschlichen Klagen,
dass ihnen die Hirngespinste der Zukunft
den Genuss des Augenblicks rauben. *Friedrich Schiller*

28. Februar

Die Aufgabe unseres Lebens ist,
möglichst allseitig zu werden.
Allseitig sein aber heisst:
Nicht vieles wissen, sondern vieles lieben. *Carl Jakob Burckhardt*

1. März

Rückkehr zur Wurzel heisst Stille.
Stille heisst Wendung zum Schicksal.
Wendung zum Schicksal heisst Ewigkeit.

Laotse

2. März

Eiserne Ausdauer und klaglose Entsagung sind
die äussersten Pole der menschlichen Kraft.

Marie von Ebner-Eschenbach

3. März

Der Schwache kann nicht verzeihen.
Verzeihen ist eine Eigenschaft des Starken.

Mahatma Gandhi

4. März

Das Geheimnis des Unglücklichseins liegt in der Musse,
darüber nachzugrübeln, ob man glücklich ist oder nicht.

George Bernard Shaw

5. März

Mitleid suche nicht bei Frohen,
Mitgefühl nicht bei den Hohen;
Schwer begreift ein glücklich Herz
Fremdes Unglück, fremden Schmerz.

Friedrich Güll

6. März

Erfülle dich mit Liebe und du wirst lieben und geliebt werden; erfülle dich mit Hass und du wirst hassen und gehasst werden.

Ralph Waldo Trine

7. März

Die Liebe macht zum Goldpalast die Hütte.

Ludwig Hölty

8. März

Und wenn das Herz hundert Tore hätte, wie Theben, so lasset die Freude herein zu allen hundert Toren.

Karl Julius Weber

9. März

Wir gelangen stets als Neulinge in die verschiedenen Lebensalter und entbehren darin meist die Erfahrung, trotz der Zahl unserer Jahre.

La Rochefoucauld

10. März

Das Leben will geliebt werden, obwohl es böse und gewalttätig ist.

Heinrich Mann

11. März

Dem Menschen ist unendlich mehr mit einem gedient,
der nicht in allzu hohen Tönen redet,
aber ist, was er sagt. *Sören Kierkegaard*

12. März

Wer immer nach dem Nutzen strebt,
Der glaubt wohl, dass er ewig lebt.
Sonst würd er vor der Frage stutzen:
Am letzten Tag, wo bleibt der Nutzen? *Oskar Blumenthal*

13. März

Ein Augenblick vollkommner Seelenruhe
ist mehr als Schätze in der Truhe. *Arabisches Sprichwort*

14. März

Es sieht manches wie ein Unglück aus
und nachher wird es uns zum Segen. *Hermann Löns*

15. März

Der Mensch ist nicht geboren,
um auf dieser Schaubühne der Eitelkeit
ewige Hütten zu bauen. *Immanuel Kant*

16. März

Ich weiss, dass alles Menschenglück
spurlos als Traum vorüber treibt, und nur Erinnerung
zurück an unsere guten Taten bleibt. *Calderon*

17. März

Das Leben ist ein Raub, das Leben eine Beute:
Wer weiss, wers morgen nimmt! Wers hat, geniess es heute.

Friedrich Rückert

18. März

Wenn der andere sich mit allen seinen Fehlern,
die er noch besser kennt als ich,
erträgt, warum sollte ich ihn nicht ertragen? *Jean Paul*

19. März

Geschehen bleibt geschehen.
Wo nichts zurückzunehmen ist,
da blicke nicht zurück. *William Shakespeare*

20. März

Man begreift die Erde erst,
wenn man den Himmel erkannt hat.
Ohne die religiöse Welt bleibt die sinnliche
ein trostloses Rätsel. *Joseph Joubert*

21. März

Das wichtigste geistige Hilfsmittel,
im Alter jung zu bleiben, ist: immer Neues lernen,
sich überhaupt für etwas interessieren und
stets noch etwas vor sich zu haben. *Carl Hilty*

22. März

Die beste Brücke
zwischen dem Ufer der Verzweiflung
und dem Ufer neuer Hoffnung
ist eine gut durchschlafene Nacht. *Sprichwort*

23. März

Sobald der Mensch in Zorn gerät, gerät er in Irrtum. *Talmud*

24. März

Zeit haben für den Ehegefährten
ist wichtiger, als Geld für ihn haben. *Hermann Oeser*

25. März

Wo keine Liebe, ist auch keine Wahrheit.
Und nur der ist etwas, der etwas liebt.
Nichts sein und nichts lieben ist identisch. *Ludwig Feuerbach*

26. März

Ein einziger Augenblick kann alles umgestalten.

Christoph Martin Wieland

27. März

Lebe jeden Tag, als ob er dein erster und dein letzter wäre…

Gerhart Hauptmann

28. März

Das Unglück ist eine Gelegenheit,
tapfere Gesinnung zu zeigen.

Seneca

29. März

Durch Harmonie mit sich und seiner Umwelt
kommt man zu innerem Frieden.

June Callwood

30. März

Seele des Menschen, wie gleichst du dem Wasser!
Schicksal des Menschen, wie gleichst du dem Wind!

J. W. Goethe

31. März

Freunde finden ist leicht; sie behalten, schwer.

Russisches Sprichwort

1. April

Der körperliche Zustand
hängt sehr viel von der Seele ab.
Man suche sich vor allem zu erheitern
und von allen Seiten zu beruhigen.

Wilhelm von Humboldt

2. April

Merke dir's, du blondes Haar!
Schmerz und Lust Geschwisterpaar, unzertrennlich beide:
Geh und lieb und leide!

Conrad Ferdinand Meyer

3. April

Der Narr hält sich für weise,
aber der Weise weiss, dass er ein Narr ist.

William Shakespeare

4. April

Überall habe ich Ruhe gesucht,
gefunden habe ich sie nur in einem
stillen Winkel mit einem kleinen Buch.

Franz von Sales

5. April

In Einsamkeit müssen wir unsere Schmerzen tragen.

Theodor Hieck

6. April

Das Glück lässt sich nicht jagen von jedem Jägerlein.
Mit Wagen und Entsagen muss es erstritten sein.

Joseph Viktor Scheffel

7. April

Um nicht sehr unglücklich zu werden,
ist das sicherste Mittel,
dass man nicht verlange,
sehr glücklich zu sein.

Arthur Schopenhauer

8. April

Niemals ist ohne Enthusiasmus in der Welt
etwas Grosses ausgerichtet worden.

Immanuel Kant

9. April

Es kommt nicht darauf an,
den anderen zu verstehen,
sondern in ihm das Beste zu sehen.

Jean Duché

10. April

Kein Unglück ist in der Wirklichkeit so gross
wie unsere Angst.

Franz Werfel

11. April

Lerne zu vergessen, was nutzlos ist,
und erinnere dich mit Liebe an alles Schöne.   *Francesco Petrarca*

12. April

Es ist ein Jammer, dass die Dummköpfe so selbstsicher sind
und die Klugen so voller Zweifel.   *Bertrand Russell*

13. April

Leiden hat nur Sinn, wenn man es annimmt,
nachdem man sich aus Kräften dagegen aufgelehnt hat.

Erich Brock

14. April

Den Augenblick zu nützen,
bei jedem Schritt auf dem Weg
an den Abend zu denken,
die grösstmögliche Anzahl
glücklicher Stunden zu verleben,
das ist Weisheit.   *Ralph Waldo Emerson*

15. April

Der einzige sichere Besitz des Menschen ist die Erinnerung.

Peter Bamm

16. April

Selbst den, der dir der Liebste ist,
Erträgst du oft nur schwer;
Und das bedenke jeder Frist:
Ein Gleiches fühlt auch er.

Otto Sutermeister

17. April

All unser Übel kommt daher,
dass wir nicht allein sein können.

Arthur Schopenhauer

18. April

Gedanken sind zollfrei; es gibt aber Gedanken
für die man den Zoll der Herzensruh' bezahlt.

Johann Nestroy

19. April

Ohne den Unsterblichkeitsgedanken
wären wir nichts als armselige Taglöhner,
durch ihn erhält alles, was wir beginnen,
Bedeutung und Zusammenhang.

Ernst Curtius

20. April

Alle menschlichen Fehler sind Ungeduld.

Franz Kafka

21. April

Klage über deinen Kummer,
aber kämpfe gegen ihn mit deinen Händen.   *Wassili Grossmann*

22. April

Leben ist ein stetig Streiten,
ist ein ewiges Geschehn.
Stille stehn heisst: Rückwärts schreiten,
rückwärtsschreitend untergehn.   *Julius Rodenberg*

23. April

Wenn nicht geschehen wird, was wir wollen,
so wird geschehen, was besser ist.   *Franz von Sales*

24. April

Wenn sich die Sprüche widersprechen,
Ist's eine Tugend und kein Verbrechen.
Du lernst nur wieder von Blatt zu Blatt,
Dass jedes Ding zwei Seiten hat.   *Paul Heyse*

25. April

Ist Verstehen nicht die Schwester des Vergebens?

Hubert Lampo

26. April

Kein Geschöpf bleibt frei von Schmerzen,
Doch dem Dunkel folgt die Helle;
Nimm dir nichts zu sehr zu Herzen;
Denn es wechselt wie die Welle.　　　*Friedrich von Bodenstedt*

27. April

Was wir getan haben, wird nie zugrunde gehen.
Alles nämlich reift zu seiner Zeit
und trägt auch die Frucht zu seiner Stunde.　　*Indische Weisheit*

28. April

Wären die Menschen mit ihrem Glück so zufrieden
wie mit ihrem Verstande – welche Millionen Glücklicher!

Karl Julius Weber

29. April

Eine Stunde Gerechtigkeit geübt
gilt mehr als siebzig Jahre Gebet.　　*Türkisches Sprichwort*

30. April

Der Mensch ist nur da ein Ganzes schlechthin,
wo er lieben darf. Nur in der Liebe besitzt er sich ganz,
weil er sich ganz hingibt.　　*Otto Heuschele*

1. Mai

Im Wachstum des Lebens hat jede Stufe ihre Vollendung;
die Blüte sowohl als die Frucht. *Rabindranath Tagore*

2. Mai

Aus der Geduld
geht der unschätzbare Frieden hervor,
welcher das Glück der Welt ist. *Balthasar Gracian*

3. Mai

Das höchste Glück des Menschen
ist die Befreiung von der Furcht. *Walther Rathenau*

4. Mai

Es gibt keinen schöneren
und auch keinen schicklicheren Rahmen
um einen grossen Schmerz
als eine Kette von kleinen Freuden,
die man anderen bereitet. *Friedrich Schleiermacher*

5. Mai

Blumen sind das Lachen der Erde. *Ralph Waldo Emerson*

6. Mai

Massgebend in meinem Leben und Tun
war für mich nie der Beifall der Welt,
sondern die eigene Überzeugung,
die Pflicht und das Gewissen. *Paul von Hindenburg*

7. Mai

Ich habe noch nie einen Pessimisten
nützliche Arbeit für die Welt tun sehen. *Johannes XXIII.*

8. Mai

Ach Gott, blick in die schöne Natur und
beruhige dein Gemüt über das Müssende. *Ludwig van Beethoven*

9. Mai

Der Mensch erfährt, er sei auch wer er mag,
ein letztes Glück und einen letzten Tag. *J.W. Goethe*

10. Mai

Sollt ein schönes Glück mich kränken,
Weil es allzurasch entfloh?
Kurz Begegnen, lang Gedenken
Macht die Seele reich und froh. *Emmanuel Geibel*

11. Mai

Der wirklich starke Mensch ist derjenige,
der es wagt, still mit Gott allein zu bleiben.　　　*T. L. Vaswani*

12. Mai

Die Musik kann nie und
in keiner Verbindung,
die sie eingeht,
aufhören, die höchste,
die erlösendste Kunst zu sein.　　　*Richard Wagner*

13. Mai

Wer fähig ist, schafft – wer unfähig ist, lehrt.

George Bernard Shaw

14. Mai

Jede Pflanze wendet sich zum Licht,
jede aber gedeiht auf anderem Grund.　　　*Clemens Brentano*

15. Mai

Der Gestorbene ist nur in ein lichteres Zimmer getreten.

Hermann Stehr

16. Mai

Die tiefste Erfahrung des Menschen
ist nicht der Mensch, sondern Gott. *Carl Friedrich von Weizsäcker*

17. Mai

In uns ist Trost und Verzagen,
in uns ist Paradies und Wüste.
Ist das Auge klar, so ist es auch die Welt. *Ernst von Feuchtersleben*

18. Mai

Nichts gehört uns. Alles ist anvertraut,
ob Kinder, Gaben oder Güter. *Johannes Müller*

19. Mai

Du fragst: Werde ich verstanden, werde ich geliebt,
werde ich loyal behandelt?
Aber nie: Verstehe ich die andern,
liebe ich, handle ich loyal? *Carl Gustav Jung*

20. Mai

Ruhm und Ruhe sind Dinge,
die nicht zusammen wohnen können. *Georg Christoph Lichtenberg*

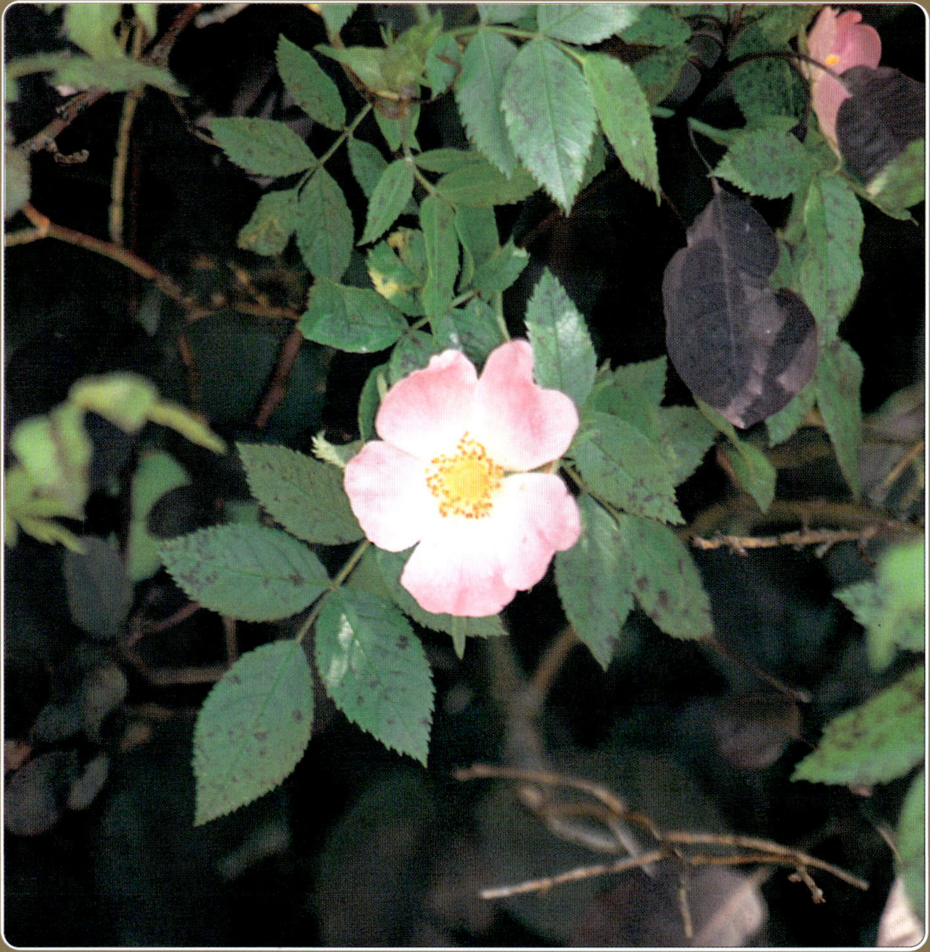

21. Mai

O du Vater des Lichtes! Mit wieviel Farben und Strahlen und Sternen fassest du deine bleiche Erde ein.

Jean Paul

22. Mai

Manche Menschen wollen dafür, dass sie einen Tag lang gut gewesen sind, ihr ganzes Leben hindurch gelobt werden.

Chinesisches Sprichwort

23. Mai

Die Sorg' um Künftiges niemals frommt:
Man fühlt kein Übel, bis es kommt,
Und wenn man's fühlt, so hilft kein Rat:
Weisheit ist immer zu früh und zu spat.

Friedrich Rückert.

24. Mai

Die Jugend nährt sich von Träumen,
das Alter von Erinnerungen.

Jüdisches Sprichwort

25. Mai

Wenn es im Leben der heutigen Menschen
so sehr an Freude fehlt, so kommt dies daher,
dass die Dankbarkeit in so vielen Herzen erloschen ist.

Friedrich Wilhelm Förster

26. Mai

Die Begeisterung ist das tägliche Brot der Jugend.
Die Skepsis ist der tägliche Wein des Alters. *Pearl Buck*

27. Mai

Zwei Dinge verleihen der Seele am meisten Kraft:
Vertrauen auf die Wahrheit und Vertrauen auf sich selbst.

Seneca

28. Mai

Vertrauen ist Mut, und Treue ist Kraft.

Marie von Ebner-Eschenbach

29. Mai

Neid und Eifersucht sind die Dornen
im Rosengarten der Liebe. *Wilhelm Heinse*

30. Mai

Wenn es dir übel geht, nimm es für gut nur immer,
Wenn du es übel nimmst, so geht es dir noch schlimmer.

Friedrich Rückert

31. Mai

Hängt nicht alles davon ab,
wie wir das Schweigen um uns deuten? *Lawrence Durell*

1. Juni

Es ist unsäglich,
was man sich im Leben
mit der blossen Ungeduld
für Chancen verdirbt.

Jacob Burckhardt

2. Juni

Wie kann ein Mensch noch über andre klagen…
Mir fällts schon schwer, mich selber zu ertragen.

Gerhard Tersteegen

3. Juni

Mut und Angst haben
etwas Gemeinsames:
Sie sind ansteckend!

Sprichwort

4. Juni

Nur zwei Dinge vermag der Mensch zu wählen;
das Opfer oder die Schuld.

Reinhold Schneider

5. Juni

Der Mensch ist verarmt,
denn er hat verlernt, sich zu wundern.

Evelyne Waugh

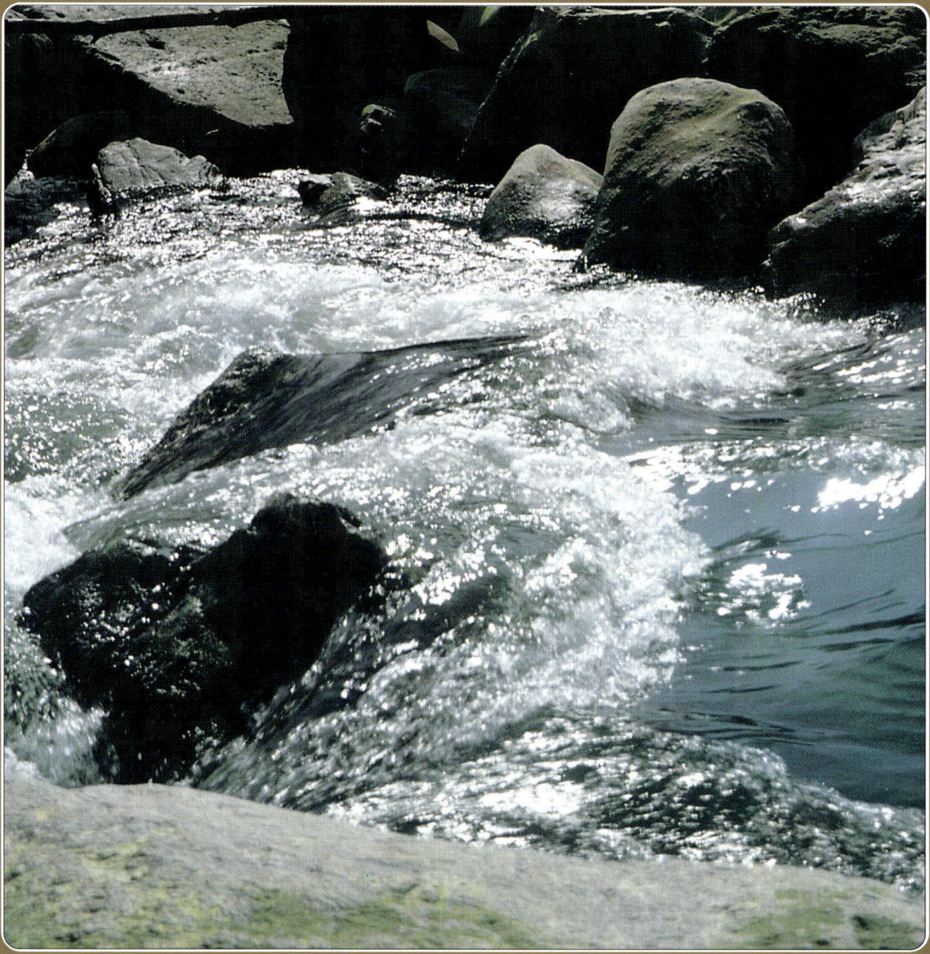

6. Juni

Friedfertig leben heisst lange leben.
Man höre, sehe und schweige.
Der Tag ohne Streit bringt ruhigen Schlaf in der Nacht.
Keine grössere Verkehrtheit,
als sich alles zu Herzen zu nehmen!

Balthasar Gracian

7. Juni

Ich aber liebe das Leben und pflege es,
so wie es Gott gefallen hat, es mir zu verleihen.

Michel de Montaigne

8. Juni

Was vergangen, kehrt nicht wieder;
aber ging es leuchtend nieder, leuchtet's lange noch zurück.

Karl Förster

9. Juni

Jede Krise ist ein Geschenk des Schicksals
an den schaffenden Menschen.

Stefan Zweig

10. Juni

Keine Situation darf uns vergessen lassen,
dass die Kunst heiter ist.

Bertolt Brecht

11. Juni

Der Zustand der Welt ist eine Schande für den Christen.

Georges Bernanos

12. Juni

Wem Höheres geworden,
der hat auch höhere Zinsen abzutragen. *Ferdinand Raimund*

13. Juni

Wenn ich mich in das Notwendige fügen muss,
so nehme ich mir das Angenehme heraus
und gehe leicht über das Lästige hinweg. *Wilhelm von Humboldt*

14. Juni

Komme, was kommen mag! Die Stunde
rennt auch durch den rauh'sten Tag. *Friedrich Schiller*

15. Juni

Von sich loskommen, das ist die ganze Kunst. *Stanislaus Dunin*

16. Juni

Durch Einsamkeit und Ruhe
werden viele Krankheiten geheilt. *Hippokrates*

17. Juni

Vorsicht ist die Einstellung,
die das Leben sicher macht,
aber selten glücklich. *Samuel Johnson*

18. Juni

Wer aufmerksam und unbeirrt
auf sein Leben acht gibt,
muss hundertmal an dem gewöhnlichsten Tage
über die Wunder erstaunen,
die sich um ihn, vor allem in ihm ereignen. *Hermann Stehr*

19. Juni

Gedanken sind nicht Taten, Vorsätze nur Gedanken.

William Shakespeare

20. Juni

Lasst uns nie aus Furcht verhandeln,
aber lasst uns auch nie fürchten zu handeln. *John F. Kennedy*

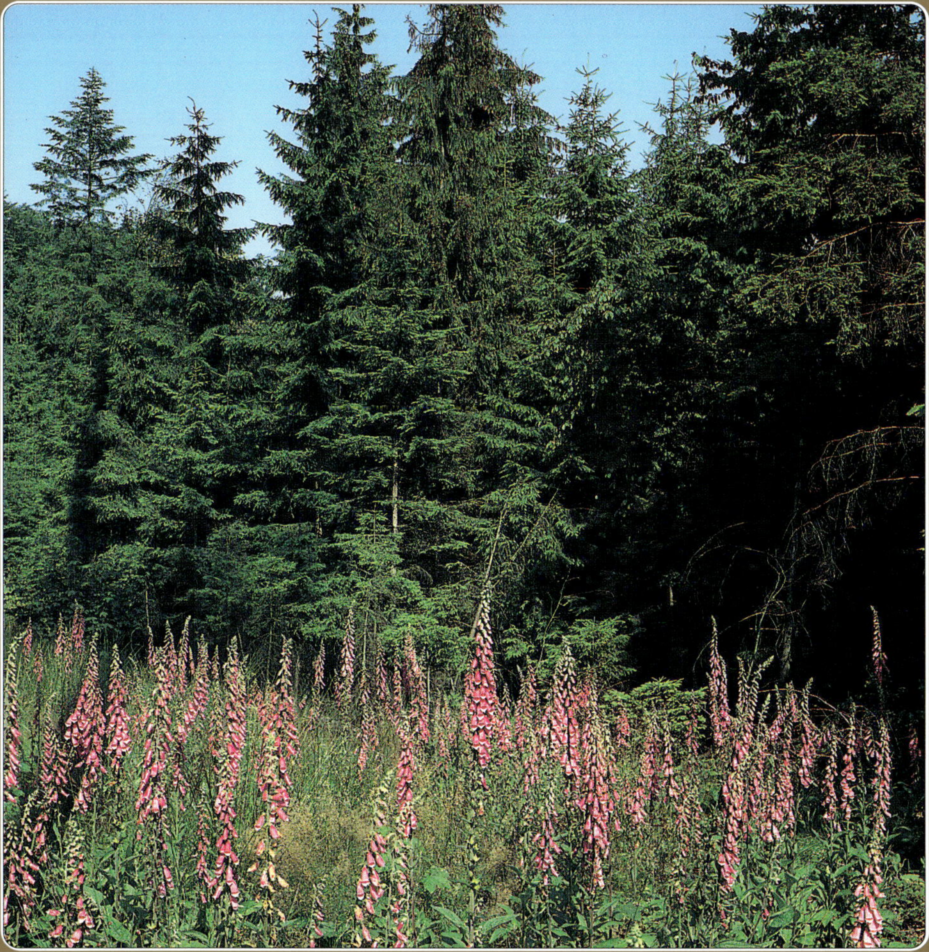

21. Juni

Was bist du in der Welt?
Ein Gast, ein Fremdling und ein Wanderer;
Wenn du kurze Zeit Haus gehalten hast,
So erbt dein Geld ein anderer.

Hausspruch

22. Juni

Wem Ruhe und Frieden lieb sind, der hüte sich
vor den Wünschen, sie sind nimmer satt und
quälen ärger als Hunger und Durst.

Jeremias Gotthelf

23. Juni

Wer das Heute fest in die Hände nimmt,
wird vom Morgen weniger abhängig sein.

Seneca

24. Juni

Wodurch wird Würde und Glück erhalten lange Zeit?
Mich dünkt durch nichts so sehr als durch Bescheidenheit.

Friedrich von Logau

25. Juni

Gott ist überall im Weltall sichtbar,
und jene Augen, die ihn nicht wahrnehmen,
sind wahrlich blind oder schwach.

Napoleon I.

26. Juni

Leicht vergessen wir unsere Fehler,
wenn wir allein um sie wissen.

La Rochefoucauld

27. Juni

Sprecht nicht: Wir wollen leiden; denn ihr müsst.
Sprecht aber: Wir wollen handeln; denn ihr müsst nicht.

Jean Paul

28. Juni

Fordre kein lautes Anerkennen!
Könne was, und man wird dich kennen.

Paul Heyse

29. Juni

Magst noch so sehr auf Menschen fluchen,
Du musst sie immer wieder suchen.
Drum lass dir Geld und Ehre rauben,
Nur dieses nicht: den Menschenglauben.

Herbert Eulenberg

30. Juni

Das Leben lehrt uns,
weniger mit uns und
andern strenge sein.

J. W. Goethe

1. Juli

Der Mensch braucht sich nicht
nach den Sternen zu sehnen.
Er lebt selber auf einem solchen und
muss ihn sich gestalten
zu einer Wohnung im unendlichen Kosmos. *Paul Tillich*

2. Juli

Geduld ist die Kunst zu hoffen. *Vauvenargues*

3. Juli

Der schwache Mensch wartet auf den Zufall;
der gewöhnliche Mensch nimmt ihn, wie er kommt.
Ein grosser Mann schafft ihn, wie er ihn braucht. *Emil Jonas*

4. Juli

Nur der vermag den Frieden zu bieten,
der den Frieden selbst im Herzen trägt. *Gottfried Keller*

5. Juli

Nächst der Klugheit
ist Mut eine für unser Glück
sehr wesentliche Eigenschaft. *Arthur Schopenhauer*

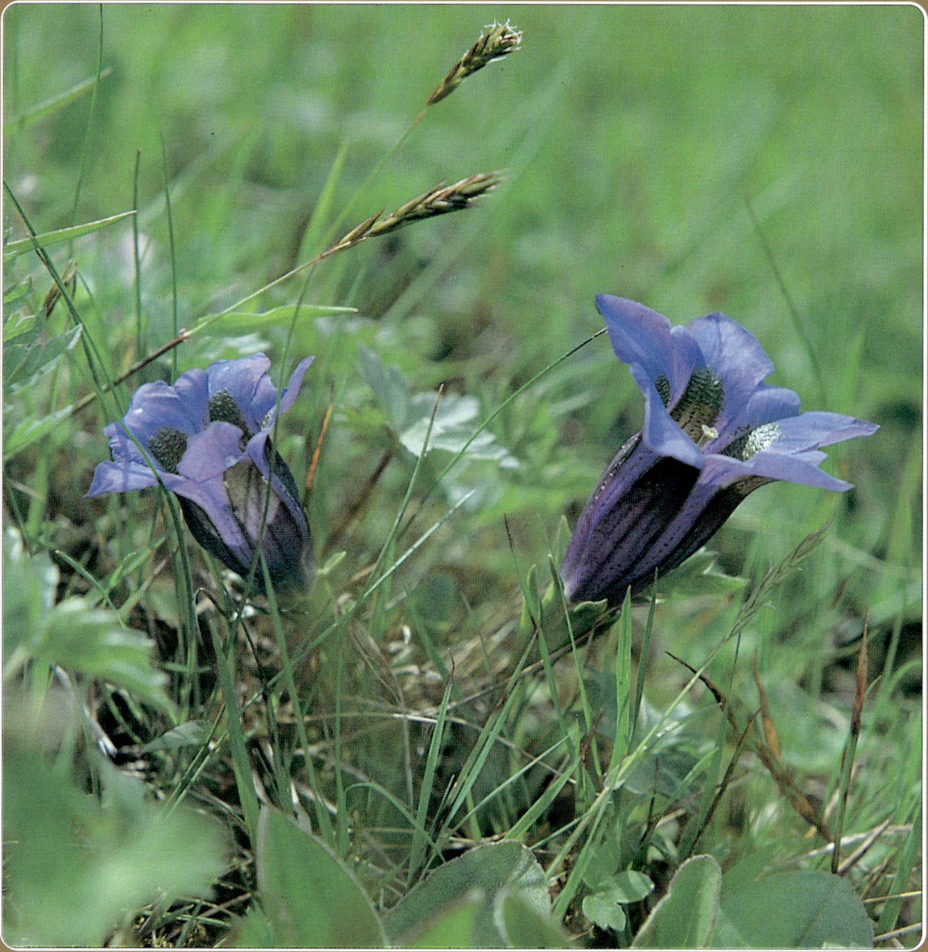

6. Juli
Toleranz heisst: Die Fehler der anderen entschuldigen.
Takt heisst: Sie nicht bemerken. *Arthur Schnitzler*

7. Juli
Allerwärts klagt der Mensch Natur und Schicksal an, und sein Schicksal ist doch in der Regel nur Nachklang seines Charakters, seiner Leidenschaften, Fehler und Schwächen. *Karl Julius Weber*

8. Juli
Selbstvertrauen ist der Schlüssel, der fast jede Tür öffnet.

Sprichwort

9. Juli
Es ist nicht gut, wenn du den Ballast von morgen schon heute in dein Schiff legst, dann muss es ja untergehen.

Hermann Bezzel

10. Juli
Eile ist die Mutter der Unvollkommenheit.

Brasilianisches Sprichwort

11. Juli

Man muss im Ganzen
an jemanden glauben,
um ihm im Einzelnen
wahrhaft Zutrauen zu schenken.

Hugo von Hofmannsthal

12. Juli

Glück wünschen wir von Jahr zu Jahr,
Weil wir es leicht vergessen.
Durch Unglück wird erst offenbar,
Was wir an Glück besessen.

Theobald Nöthig

13. Juli

An einen Gott glauben und Pessimist sein
ist ein unerträglicher Widerspruch.

Richard Rothe

14. Juli

Glück ein Leben lang! Niemand könnte es ertragen:
Es wäre die Hölle auf Erden.

George Bernard Shaw

15. Juli

Gott schickt nie mehr Leid, als man tragen kann.

J. Kentenich

16. Juli

Von allen Dummheiten ist die grösste,
schmählichste und schändlichste die, zu glauben,
dass es nach diesem Leben kein and'res gebe.

Dante

17. Juli

Wenn man wirklich liebt, ist die Treue keine Last,
sondern ein Vergnügen.

Luise Rinser

18. Juli

Im Glücke ist ein wunderliches Walten!
Viel besser magst du's finden als behalten.

Gottfried von Strassburg

19. Juli

Es gehen zwei Gäste ein und aus,
So lang du wohnst in diesem Haus.
Sie sind geheissen Lieb und Leid;
Du sollst sie wohl empfangen beid.

Hausspruch

20. Juli

Unentschlossenheit
scheint mir der gewöhnlichste
und auffallendste Fehler
unserer Natur zu sein.

Michel de Montaigne

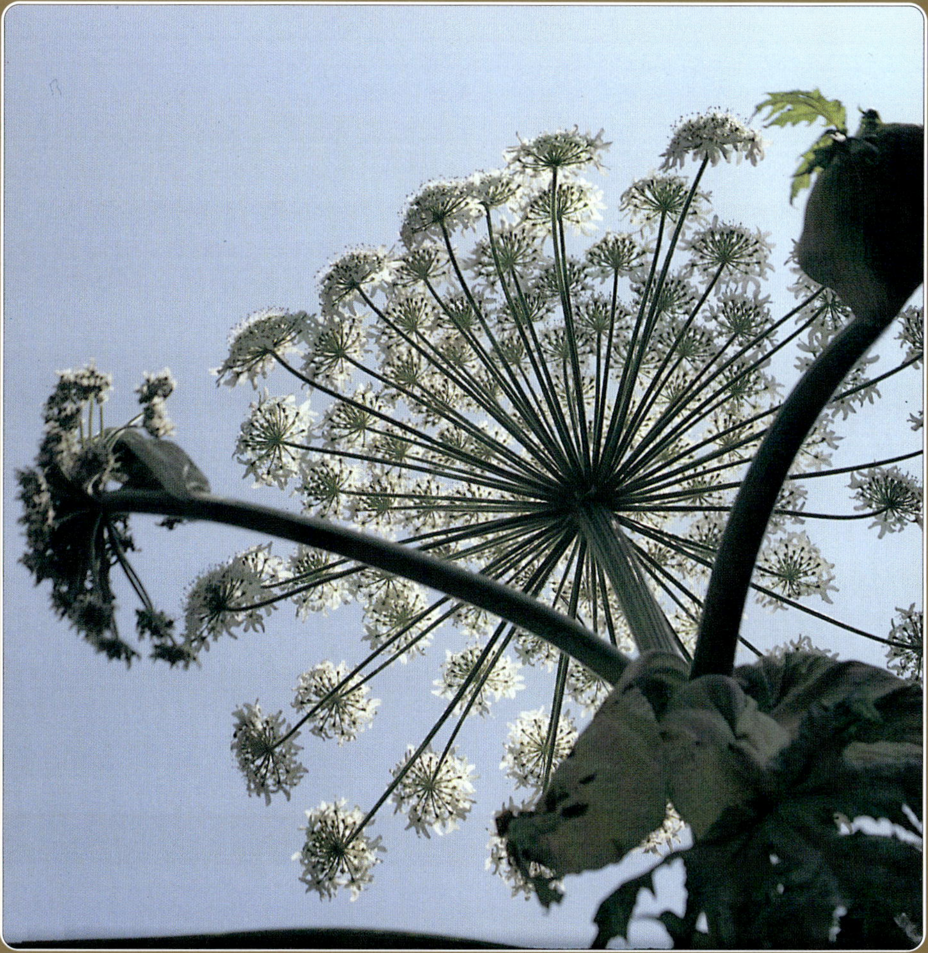

21. Juli

Gesundheit ist kostbarer als Reichtum.
Der kennt sie nicht, der nie krank war.
Selbst ein goldenes Bett hilft Kranken wenig.

Russisches Sprichwort

22. Juli

Werde nur ganz still. Dann bist du wie einer,
der durch ein hohes Fenster die ganze Welt übersieht.

Hermann Stehr

23. Juli

Wer nimmer was vollbringt und dennoch viel fängt an,
Wird in Gedanken reich, im Werk ein armer Mann.

Friedrich von Logau

24. Juli

Ein Buch ist ein Freund, der deine Fähigkeiten aufdeckt;
es ist ein Licht in der Finsternis und ein Vergnügen in der
Einsamkeit; es gibt, und es nimmt nicht.   *Mosche Ibn Esra*

25. Juli

Glücklich wer jung in jungen Tagen,
glücklich wer mit der Zeit gestählt,
gelernt des Lebens Ernst zu tragen.

Alexander Puschkin

26. Juli
Ohne innere Ruhe ist kein Glück denkbar.

Wilhelm von Humboldt

27. Juli
Gott gebe allen, die mich kennen,
zehnmal soviel, als sie mir gönnen.

Hausspruch

28. Juli
Wie wenig ist am Ende der Bahn daran gelegen,
was wir erlebten, und wie unendlich viel,
was daraus hervorging.

Wilhelm von Humboldt

29. Juli
Alles, was wir treiben und tun, ist ein Abmüden;
wohl dem, der nicht müde wird.

J. W. Goethe

30. Juli
Ein ehrlicher Misserfolg ist keine Schande;
Furcht vor Misserfolgen dagegen ist eine Sünde.

Henry Ford

31. Juli
Ein Leben ohne eine bestimmte Weltauffassung ist
kein sinnvolles Leben, sondern eine Last, ein Grauen.

Anton Tschechow

1. August

Wenn du glaubst, Gott habe just dir
den Lebenstornister mit den schwersten Sandsäcken gefüllt,
so bist du eitel. *Friedrich Oeser*

2. August

Entschlossenheit im Unglück
ist immer der halbe Weg zur Rettung. *Heinrich Pestalozzi*

3. August

Ich weiss mir kein schöneres Gebet, als das,
womit die altindischen Schauspiele schliessen. Es lautet:
Mögen alle lebenden Wesen von Schmerzen frei bleiben.

Arthur Schopenhauer

4. August

Das Jahr muss man im Frühling planen, den Tag am Morgen.

Japanisches Sprichwort

5. August

Gott hat den Menschen die Zeit gegeben,
aber von Eile hat er nichts gesagt. *Hans Würthner*

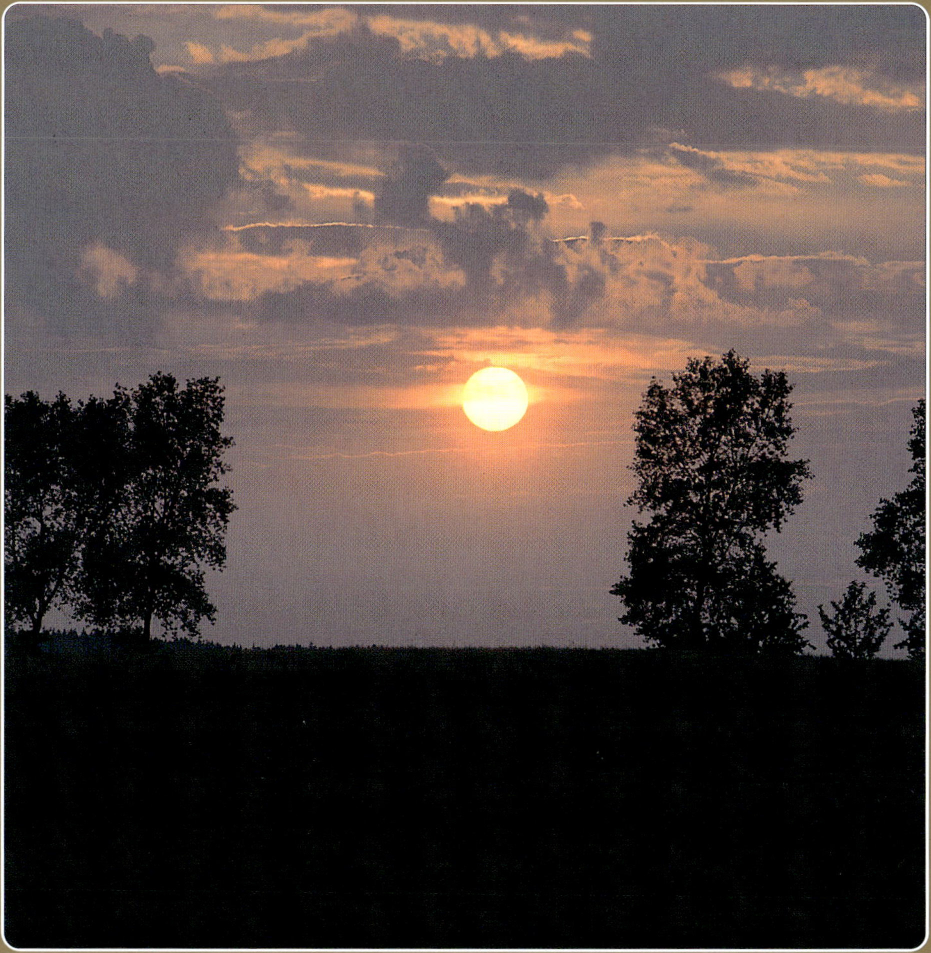

6. August

Unter allen Leidenschaften der Seele bringt
die Traurigkeit am meisten Schaden für den Leib.

Thomas von Aquin

7. August

Ein Tor, der klagt stets andre an;
sich selbst anklagt ein halb schon weiser Mann;
nicht sich, nicht andre klagt der Weise an.

Johann Gottfried Herder

8. August

Der hat nie das Glück gekostet, der's in Ruh' geniessen will.

Theodor Körner

9. August

Nein sagen können, sich und anderen,
ist das Mass der Stärke.

Richard von Schaukal

10. August

Der Weg zum Himmel ist
die Erfüllung der Pflichten der Erde.

Heinrich Pestalozzi

11. August

Die wahre Faulheit
gehört zu den paradiesischen
Tugenden. *Ernst Jünger*

12. August

Wer an krankhafter Überschätzung leidet,
wird immer tausend Gründe haben, verbittert zu sein.

Theodor Fontane

13. August

Nur weil versucht wird,
mit einem einzigen Sprung nach oben zu gelangen,
ist so viel Elend in der Welt. *William Cobbett*

14. August

Zu Geld kommen viele auf leichte Art,
aber nicht viele können sich
auf leichte Art davon trennen. *Maxim Gorki*

15. August

Die grössten Tragödien in der Welt und
im Leben des einzelnen
entspringen Missverständnissen.
Das Heilmittel: die Aussprache. *Gordon Dean*

16. August

Was nützt alles Hasten und Jagen?
Auch deine Spanne Zeit ist
nur ein Tropfen im Meer der Ewigkeit. *Sprichwort*

17. August

Was bringst du, Tag, was ist dein hohes Ziel?
Was wirkst du, Hand, ist's wenig oder viel?
Was ich beginne in der kurzen Zeit,
Ein Tropfen ist's im Meer der Ewigkeit. *Martin Knapp*

18. August

Ich bin berufen, etwas zu tun oder zu sein,
wozu kein anderer berufen ist. *John Henry Newmann*

19. August

Selbstvertrauen ist die Quelle des Vertrauens zu andern.

La Rochefoucauld

20. August

Schäme dich nicht zu schweigen,
wenn du nichts zu sagen hast. *Russisches Sprichwort*

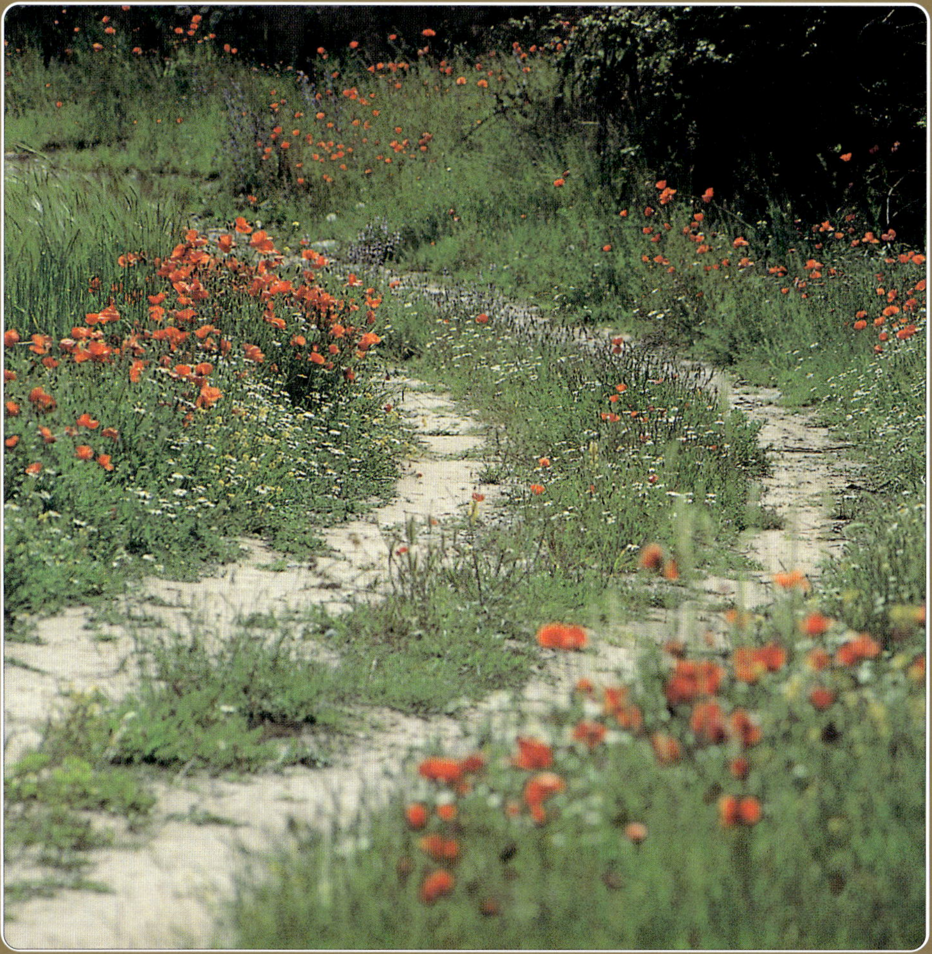

21. August

Das grösste Vergnügen
aller Geizhälse besteht darin,
sich ein Vergnügen zu versagen.

Gottfried Benn

22. August

Fürwahr, es wechselt Pein und Lust;
Geniesse, wenn du kannst, und leide, wenn du musst.

J.W. Goethe

23. August

Das auf dieser Welt erreichbare dauernde Glück
besteht in beständiger nützlicher Arbeit.

Carl Hilty

24. August

Was hilft aller Sonnenaufgang,
wenn wir nicht aufstehen?

Georg Christoph Lichtenberg

25. August

Nicht zu sagen, was ein grösseres Wunder ist:
Das Hervorbrechen der bunten Farben
aus dem Boden oder aus verholzten Zweigen.

Karl Förster

26. August

Die Hauptsache im Leben ist die Einfachheit.

George Bernard Shaw

27. August

Sich nicht so über die Massen wichtig nehmen!
Geduldig sein gegen andere und auch gegen sich selbst!
Geduldig auch gegen seine eigene Last! *Anna Schieber*

28. August

O Freundschaft und Liebe, was ist ohne dich die Welt!
Ein Haufen Unsinn für alle Philosophen. *Wilhelm Heinse*

29. August

Schliesse Freundschaft
mit eines Menschen Güte,
nicht mit seinem Gut! *Chinesisches Sprichwort*

30. August

Nach einer Prüfung kurzer Tage, erwartet uns die Ewigkeit.

Christian Gellert

31. August

Durch Lächeln und noch mehr durch Lachen
wird die kurze Spanne des Lebens verlängert. *Lawrence Sterne*

1. September

Auch du, ohne Klage gedenke der Tage,
Die froh wir verlebt.
Wer Gutes empfangen, der darf nicht verlangen,
Dass nun sich der Traum ins Unendliche webt.

David Friedrich Strauss

2. September

Mut ist oft nur der Sieg der Ungeduld über die Vernunft.

Dänisches Sprichwort

3. September

Ein freundliches Wort kostet nichts und
ist doch das schönste aller Geschenke. *Daphne du Maurier*

4. September

Stellt kleine, gute, vollkommene Dinge um euch!
Deren goldene Reife heilt das Herz.
Vollkommenes lässt hoffen. *Friedrich Nietzsche*

5. September

Wer etwas Grosses,
Geschlossenes schaffen will,
muss frei von Zweifeln sein,
vor allem von Zweifeln an sich selbst. *Jakob Bosshart*

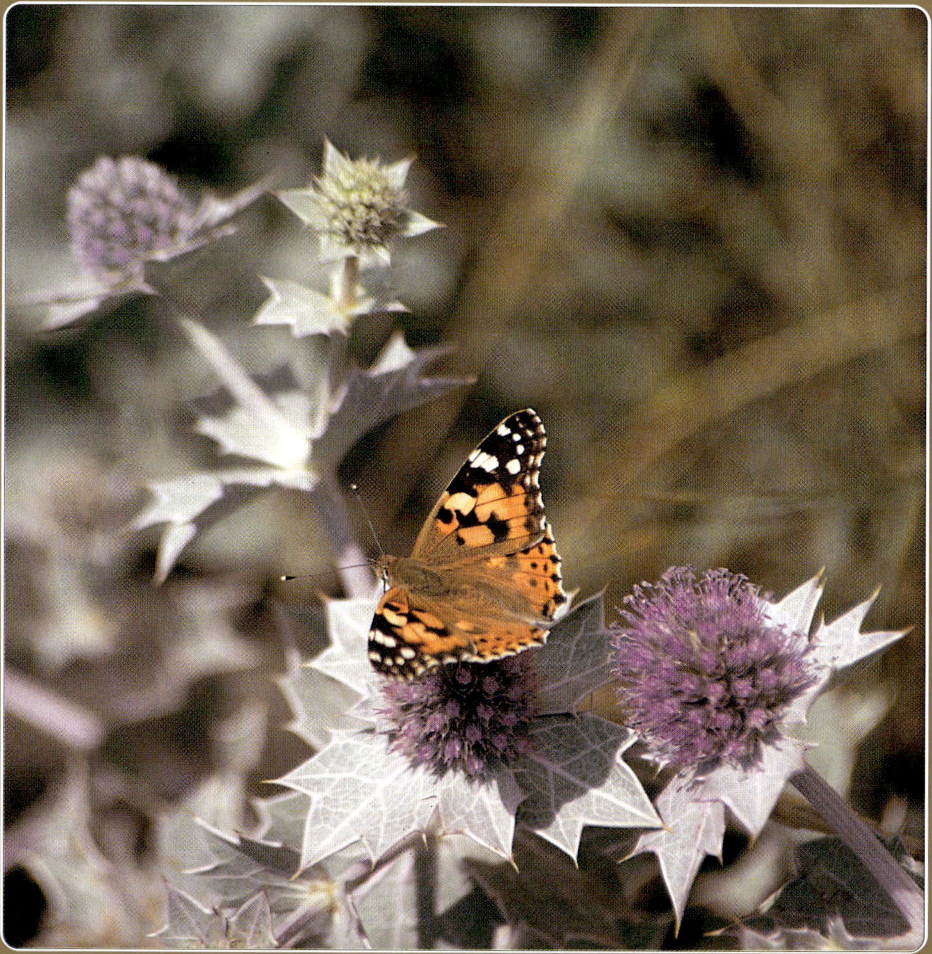

6. September

Trost: das Wissen, dass ein besserer Mensch
unglücklicher ist als du. *Ambrose Bierce*

7. September

Optimist ist ein Mensch, der die Dinge nicht
so tragisch nimmt, wie sie sind. *Karl Valentin*

8. September

Idealismus ist die Fähigkeit,
die Menschen so zu sehen, wie sie sein könnten,
wenn sie nicht so wären, wie sie sind. *Curt Goetz*

9. September

Sei hochbeseligt, oder leide:
Das Herz bedarf ein zweites Herz,
Geteilte Freude ist doppelte Freude,
Geteilter Schmerz ist halber Schmerz. *August Tiedge*

10. September

Habt einander lieb, weil ihr nicht wisst, was morgen ist.

Elisabeth Kübler-Ross

11. September

Niemand weiss so viel Schlechtes von uns
wie wir selbst – und trotzdem
denkt niemand so gut von uns,
wie wir selbst.

Franz von Schönthan

12. September

Liebe ist der angenehmste Zustand
weiser Unzurechnungsfähigkeit.

Marcel Aymé

13. September

Untergehn und nicht vergehn
ist der Sonne Eigenschaft.
Durch des Schöpfers Will' und Kraft
stirbt der Mensch zum Auferstehn.

Friedrich von Logau

14. September

Die einzige Waffe,
die keine Waffe der Gewalt ist…
die Wahrheit.

Karl Jaspers

15. September

Wer kein Unglück gehabt hat,
der weiss von keinem Glück zu sagen.

Sprichwort

16. September

Wo das Schicksal mit sanfter oder harter Hand
einen Menschen hinstellt, da gehört er hin und
muss zurechtkommen, wenn es auch noch so schwer ist.

Henriette Feuerbach

17. September

Krankheit lässt den Wert der Gesundheit erkennen,
das Böse den Wert des Guten, Hunger die Sättigung,
Ermüdung den Wert der Ruhe. *Heraklit*

18. September

Denn über alles Glück geht doch der Freund,
der's fühlend erst erschafft, der's teilend mehrt.

Friedrich Schiller

19. September

So lange wir nicht tun,
was notwendig ist und was Gott von uns verlangt,
rührt er keinen Finger, uns zu helfen. *Gottfried Keller*

20. September

Wer ein bestimmtes Ziel erreichen will,
muss auf einem Wege bleiben,
nicht auf vielen umherstreifen. *Seneca*

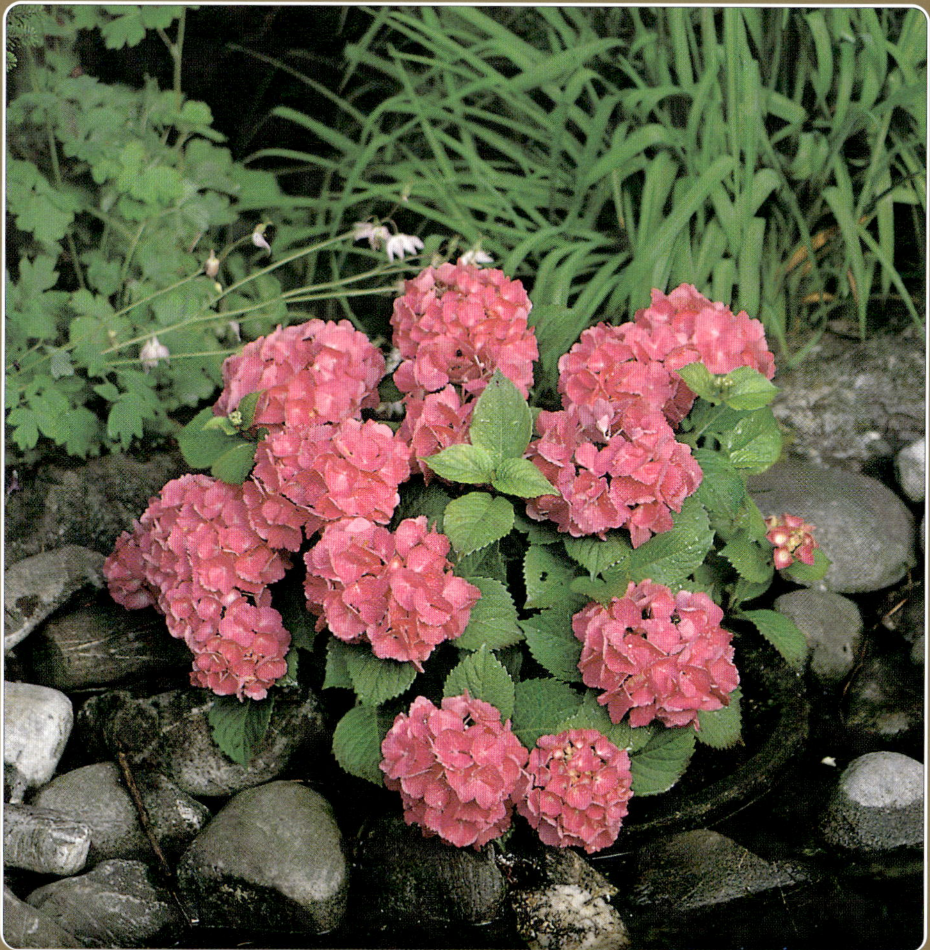

21. September

Die Allmacht zwar vermag sonst alle Sachen,
doch eines kann sie nicht; es allen recht zu machen.

Hausspruch

22. September

Seine Meinung zu ändern,
erfordert manchmal mehr Mut,
als bei seiner Ansicht zu verharren.

Friedrich Hebbel

23. September

Freude am Leben,
Liebe zum Dasein,
Kraft zur Arbeit,
alles das erwächst für das ganze Dasein
aus der Pflege des Schönheits- und Kunstsinnes.

Rudolf Steiner

24. September

Am Mute hängt der Erfolg.

Theodor Fontane

25. September

Wenn auch alle Lichter der Welt erlöschen,
der Lichtgedanke lebt doch;
es gibt einen Gott.

Henrik Ibsen

26. September

Wenn dir die Erde eng wird, denk daran,
wie weit der Himmel und die Sterne über dir stehen.

Nicodemus

27. September

Nichts beruhigt inniger als eine vertrauende Kinderhand.

Richard von Schaukal

28. September

Gäbe es Wesen, die den Menschen alle Wünsche
erfüllen, so wären das keine Götter, sondern Dämonen.

Friedrich Georg Jünger

29. September

Reich immer froh dem Morgen,
o Jugend, deine Hand.
Die Alten mit den Sorgen
lass auch bestehn im Land!

Gottfried Keller

30. September

Doch das grösste Glück im Leben
Und der reichlichste Gewinn
Ist ein guter, leichter Sinn.

J. W. Goethe

1. Oktober

Sollst nicht murren, sollst nicht schelten,
Wenn die Sommerzeit vergeht;
Denn es ist das Los der Welten,
Alles kommt und alles geht.

Wilhelm Müller

2. Oktober

Vom Unglück frei zu sein ist grosses Glück.

Leopold Schefer

3. Oktober

Heute kann nur leben,
wer an kein Happy-End mehr glaubt.

Ernst Jünger

4. Oktober

Der Geist der Nachsicht
müsste uns alle zu Brüdern machen;
der Geist der Intoleranz aber
macht die Menschen zu Bestien.

Voltaire

5. Oktober

Das ist das schlimmste von allen Übeln,
im Vergangenen herumzugrübeln.

Cäsar Flaischlen

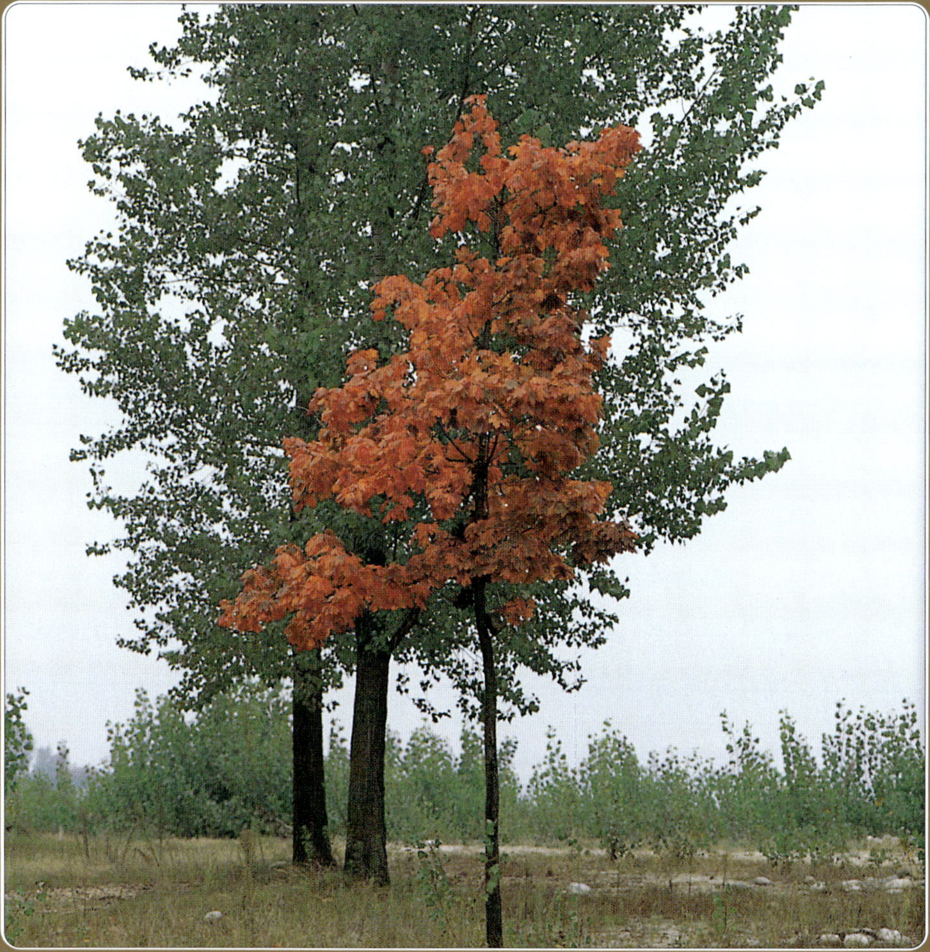

6. Oktober

Alles, was die Menschen vereint,
ist das Gute und Schöne – alles, was sie trennt,
ist das Schlechte und Hässliche.
Die ganze Welt kennt diese Formel.
Sie ist in unser Herz geschrieben. *Leo Tolstoi*

7. Oktober

Dem Ewigen, der durch das einzige Wort:
«Werde!» Himmel und Erde erschaffen hat,
ist nichts unmöglich. *Johann Gottfried Herder*

8. Oktober

Sehnsucht zum Licht ist des Lebens Gebot. *Henrik Ibsen*

9. Oktober

Wie kann man annehmen, ein anderer würde
unser Geheimnis hüten,
wenn wir es doch selbst nicht hüten können. *La Rochefoucauld*

10. Oktober

Die grösste Harmonie aller Klänge der Welt
liegt in der Stille. *Arthur Schopenhauer*

11. Oktober

So legt auch denn, ihr Brüder,
in Gottes Namen nieder;
kalt ist der Abendhauch.
Verschon uns Gott mit Strafen und
lass uns ruhig schlafen!
Und unsern kranken Nachbar auch.

Matthias Claudius

12. Oktober

Ergebung und Genügsamkeit sind es vor allem,
die sicher durch das Leben führen.

Wilhelm von Humboldt

13. Oktober

Das wahre Gesetz Gottes ist die Liebe.

Augustinus

14. Oktober

Der Weg zum Glück: Halte dein Herz frei von Hass
und deinen Geist frei von Angst und Sorge.
Erfülle dein Leben mit Liebe, verbreite Fröhlichkeit.

Norman Vincent Peale

15. Oktober

Es ist ein wundersam Ding um des Menschen Seele,
des Menschen Herz kann sehr oft am glücklichsten sein,
wenn es sich so recht sehnt.

Wilhelm Raabe

16. Oktober

Gott lieben, das heisst die Sonne für grösser halten
als unsere warme Stube, und das Schicksal der Welt
für wichtiger als unser Froh- oder Traurigsein. *Wilhelm Stählin*

17. Oktober

Das eingetretene Übel hat immer eine freundlichere
Gestalt als das noch entfernte.
Unglück presst, die Furcht aber zermalmt. *Friedrich Matthisson*

18. Oktober

Es gibt Leute, die glauben, alles wäre vernünftig,
was man mit einem ernsthaften Gesicht tut.

Georg Christoph Lichtenberg

19. Oktober

Wenn man nur wüsste, wie oft und wie sehr
man missverstanden wird,
so würde mehr Schweigen in der Welt herrschen. *Oscar Glaser*

20. Oktober

Schwerer Anfang ist zumeist zehnmal
heilsamer als leichter Anfang. *Jeremias Gotthelf*

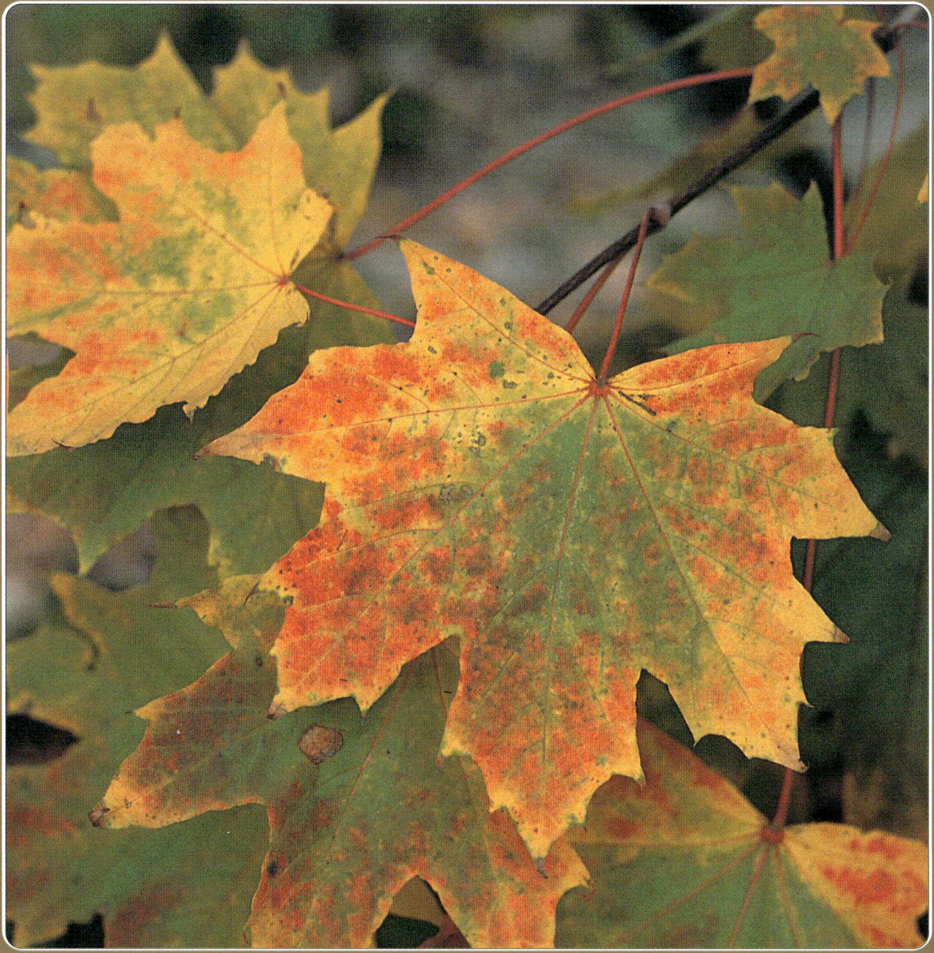

21. Oktober

Der Glaube eines Menschen kann durch
kein Glaubensbekenntnis, sondern nur
durch die Beweggründe seiner gewöhnlichen
Handlungen festgestellt werden.

George Bernard Shaw

22. Oktober

Ist dir die Einsamkeit gute Gesellschaft,
dann Glücklicher, zähle zu den Glücklichsten dich,
aber verschweige dein Glück.

France Bouteweck

23. Oktober

Ja, so ist's im Leben: Viel Alarm und wenig Gaben.
Urteil ist wenigen gegeben, Meinungen wollen sie alle haben.

Ernst Ziel

24. Oktober

In Seelen voll Liebe sind alle Leiden in Freuden,
alle Fragen in Taten verwandelt und gelöst.

Carl Hauptmann

25. Oktober

Arbeit ist das einzige,
aber auch ein ausreichendes
Mittel gegen alles Weh des Lebens.

Sprichwort

26. Oktober
Liebe ist Bewusstsein der Zusammengehörigkeit.

Ricarda Huch

27. Oktober
Zeige dich nicht allzu behäglich, damit man dir dein Glück nicht übel nimmt.

J. W. Goethe

28. Oktober
Das Unglück kann die Weisheit nicht,
doch Weisheit kann das Unglück tragen.

Friedrich von Bodenstedt

29. Oktober
Die meisten reichen Müssiggänger leiden unsäglich
unter der Langeweile, die den Preis dafür darstellt,
dass sie aller Sorgen um den Lebensunterhalt enthoben sind.

Bertrand Russell

30. Oktober
Wir sollen beten. Alles sonst noch ist eitel.
beten sollen wir, um das Grauen dieser Welt zu ertragen.

Leon Bloy

31. Oktober
Alles Grosse besteht aus Kleinem.
Wer vom Kleinen nicht besitznimmt,
kann das Grosse nie erwerben.

Wilhelm Heinse

1. November

Der Mensch hat das Warten verlernt.
Darin liegt das Grundübel unserer Zeit. *William Somerset Maugham*

2. November

Jedes Kind kommt auf die Erde
mit der Botschaft, dass Gott den Glauben
an die Menschheit nicht verloren hat. *Indische Weisheit*

3. November

Das grösste Glück, nächst der Liebe,
besteht darin, die Liebe eingestehen zu dürfen. *André Gide*

4. November

Bücher sind bessere Freunde als Menschen;
denn sie reden nur, wenn wir wollen,
und schweigen, wenn wir anderes vorhaben.
Sie geben immer und fordern nie. *Freiherr von Münchhausen*

5. November

Grosse Gedanken entspringen dem Herzen. *Vauvenargues*

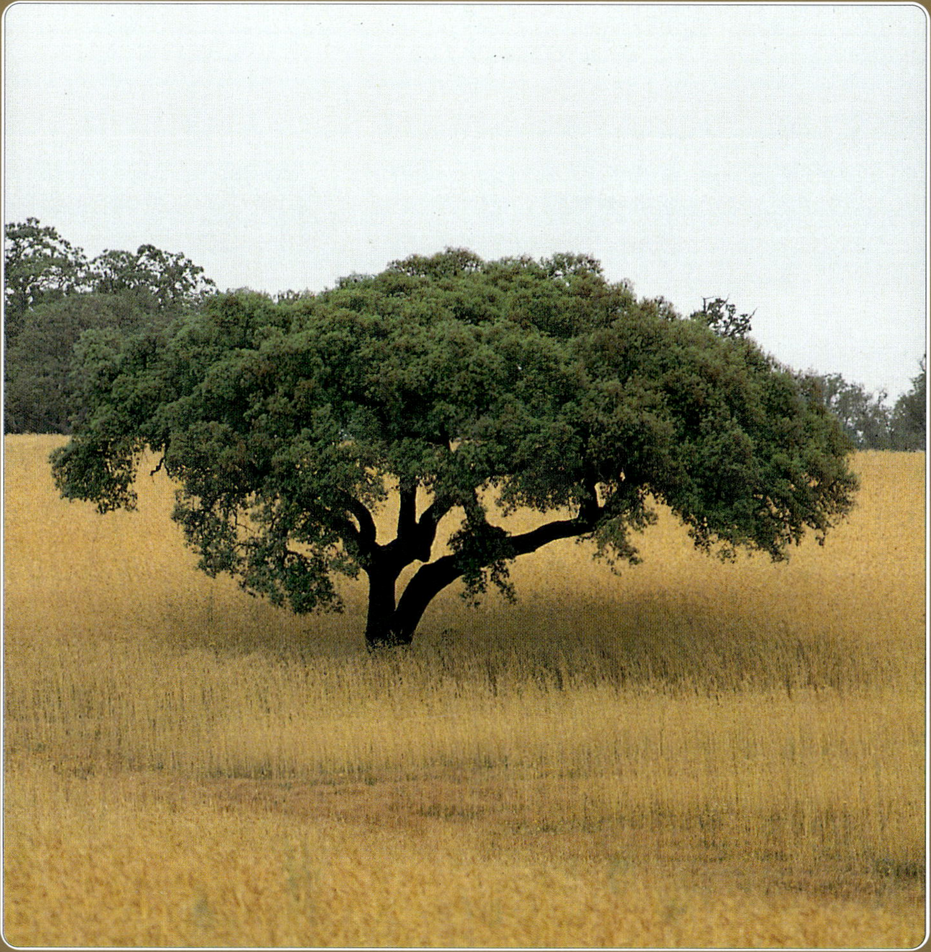

6. November

Weinend kommt jedermann in dieses Leben,
lächelnd soll man in jenes übergehen. *Johann Nestroy*

7. November

Ich bin ruhig, bei allen Ereignissen in der Welt,
denn sie sind in deiner Welt, Unendlicher. *Johann Gottlieb Fichte*

8. November

Von aussen kommt dem Menschen nie sein Glück.

Leopold Schefer

9. November

Wir hoffen immer, und in allen Dingen ist besser hoffen
als verzweifeln. *J.W. Goethe*

10. November

Es liegt an uns selbst, unser Leben nicht arm
werden zu lassen, indem wir uns an das Kleine hängen,
sondern es reich zu machen,
indem wir es erfüllen mit dem Grössten. *Otto Heuschele*

11. November

Wir geben uns zuwenig Rechenschaft darüber,
wieviele Enttäuschungen wir anderen bereiten. *Heinrich Böll*

12. November

Wenn bei einem Menschen das Herz einmal hart ist,
so ist's aus; was er auch sonst Gutes hat,
man kann nicht mehr auf ihn zählen. *Heinrich Pestalozzi*

13. November

Schweig, leid und lach,
Geduld überwindet alle Sach. *Sprichwort*

14. November

Wir leben in einer Zeit, da Güte als Naivität,
Anständigkeit als Dummheit, Mitleid als Schwäche,
Nächstenliebe als Narrheit angesehen wird. *Robert Jungk*

15. November

Es gibt Gedanken
und Empfindungen,
die auf fettem Boden
nicht wachsen. *Mathias Claudius*

16. November

Sooft die Sonne aufgeht, erneuert sich mein Hoffen.

Gottfried Keller

17. November

Begeisterung ist alles!
Gib einem Menschen alle Gaben der Erde
und nimm ihm die Fähigkeit der Begeisterung,
und du verdammst ihn zum ewigen Tod. *Adolph Wilbrandt*

18. November

Drei Dinge nur vermag ich ganz zu loben,
Die stets zu echtem Heil den Grund gelegt:
Gesundheit, Mut und heiteren Blick nach oben.

Emmanuel Geibel

19. November

Lass die Erinnerung uns nicht belasten
mit dem Verdrusse, der vorüber ist. *William Shakespeare*

20. November

Allem kann man widerstehen, nur der Güte nicht.

Leo Tolstoi

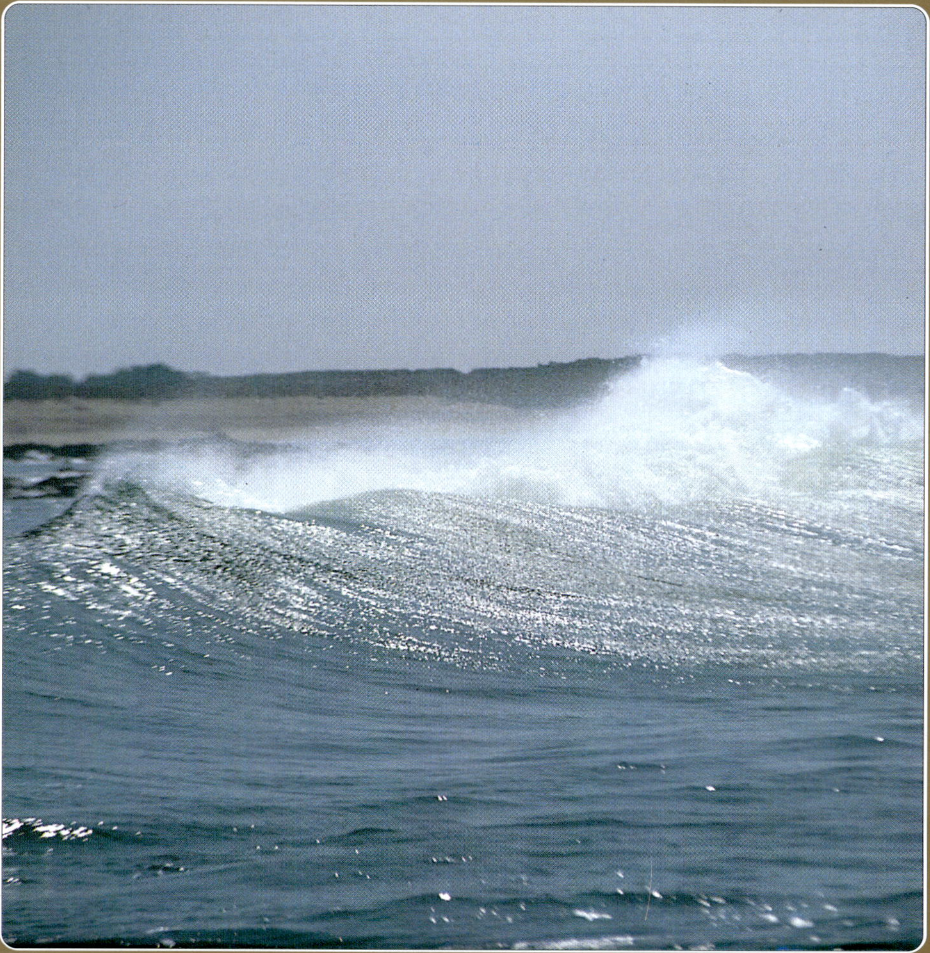

21. November

Beginne nicht mit einem grossen Vorsatz,
sondern mit einer kleinen Tat.

Sprichwort

22. November

Wer in glücklicher Verborgenheit lebte, lebte glücklich. *Ovid*

23. November

Immer soll uns nicht das Ende interessieren,
sondern allein die Gegenwart! Die ist fruchtbar.

Bernhard von Marwitz

24. November

Ihr wartet immer auf die Zukunft und glaubt an ein
Draussen. Und es ist doch immer nur in euch und kann nur
aus euch genommen werden, was euch heilen kann.

Gerhart Hauptmann

25. November

Im Traum und in der Liebe gibts keine Unmöglichkeiten.

Ungarisches Sprichwort

26. November

Lieber zehn vergebliche Versuche, als überhaupt keine.

Graf von Zinzendorf

27. November

Selbst der bescheidenste Mensch
hält mehr von sich,
als sein bester Freund von ihm hält.   *Marie von Ebner-Eschenbach*

28. November

Glücklich zu leben wünscht jedermann;
aber die Grundlagen des Glücks
erkennt fast niemand.   *Seneca*

29. November

Es haben durch die Zeiten
viele deinesgleichen wie du gelitten,
und es sind alle gesegnet worden
durch die Zeiten.   *Henry Benrath*

30. November

Seine Pflicht jeden Tag erfüllen
ist die beste Art Sorge für die Zukunft.   *Carl Hilty*

1. Dezember

Mit Koffern, Schachteln, Reisesäcken,
Dein Glück zu suchen ziehst du aus?
Freund, nimm den leichten Wanderstecken,
Du bringst es wahrlich eh'r nach Haus!

Friedrich Rückert

2. Dezember

Die Liebe lässt sich durch keine Maske
lange dort verbergen, wo sie ist,
noch dort vortäuschen, wo sie nicht ist.

La Rochefoucauld

3. Dezember

Das Grosse geschieht so schlicht
wie das Rieseln des Wassers,
das Fliessen der Luft,
das Wachsen des Getreides.

Adalbert Stifter

4. Dezember

Wer jede Entscheidung zu schwer nimmt, kommt zu keiner.

Harold Macmillan

5. Dezember

Der Entschluss, den Schmerz zu tragen,
hebt am besten den Schmerz auf.

Sprichwort

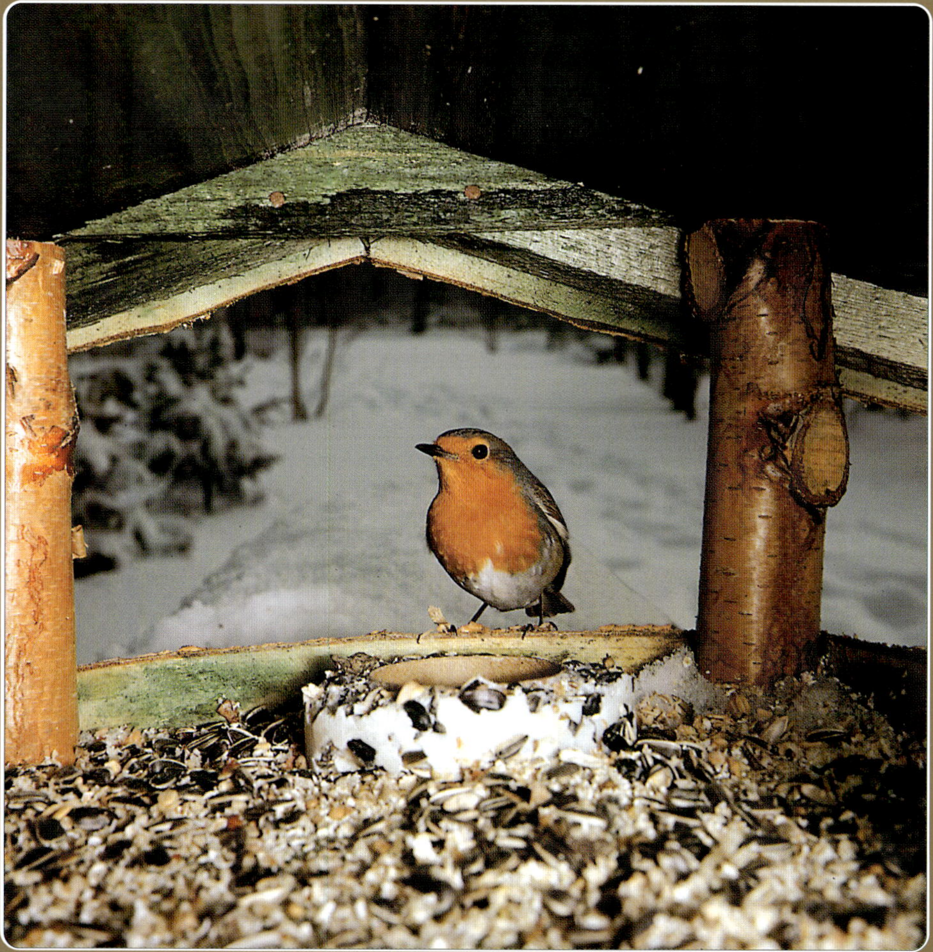

6. Dezember

Ein guter Mensch, der mit uns gelebt,
kann uns nicht genommen werden;
er lässt eine leuchtende Spur zurück,
gleich jenen erloschenen Sternen, deren Licht noch nach
Jahrhunderten die Erdbewohner sehen.

Thomas Carlyle

7. Dezember

Musik ist die wahre allgemeine Menschensprache.
Mit Hilfe der göttlichen Tonkunst lässt sich
mehr ausdrücken und ausrichten als mit Worten.

Carl Maria von Weber

8. Dezember

Der morgende Tag wird neue Kraft bringen,
die seinen Prüfungen angemessen ist.

Carl Hilty

9. Dezember

Klage nicht über die Flüchtigkeit der Freuden,
da ihnen die Kunst ihre Ewigkeit leiht.

Jean Paul

10. Dezember

Man muss lernen, sich selbst zu ertragen.

Henri de Toulouse-Lautrec

11. Dezember

Durchschneide nicht, was du lösen kannst!   *Joseph Joubert*

12. Dezember

Am Baum des Schweigens hängt seine Frucht, der Friede.

Arthur Schopenhauer

13. Dezember

Eine Religion,
die keine Notiz von den praktischen Dingen
des Lebens nimmt
und nicht sie zu lösen hilft,
ist keine Religion.   *Mahatma Gandhi*

14. Dezember

Selbsterkenntnis ist
der erste Schritt zur Gerechtigkeit.
Selbsterkenntnis ist
die erste Pflicht gegen die andern.   *Anton Wildgang*

15. Dezember

Wo die Gefahr ist, wächst das Rettende auch.

Friedrich Hölderlin

16. Dezember

Der allzugrosse Eifer im Guten
kann zu allen Zeiten das Gute hindern
und das Böse befördern. *Johann Peter Hebel*

17. Dezember

Solange noch ein Mensch auf der Welt hungert,
ist jede Waffe, die neu produziert wird,
eine Gotteslästerung. *Heinrich Böll*

18. Dezember

Man kann keinem Menschen ins Herz schaun,
viel weniger in die Seel',
denn die steckt noch hinter dem Herzen. *Johann Nestroy*

19. Dezember

Niemand heilt durch Jammern seinen Harm.

William Shakespeare

20. Dezember

Geh' hin, wo sich ohn' Ruh
der Menschenmarkt bewegt,
nicht ein Herz findest du,
das keine Narbe trägt. *Justus Kerner*

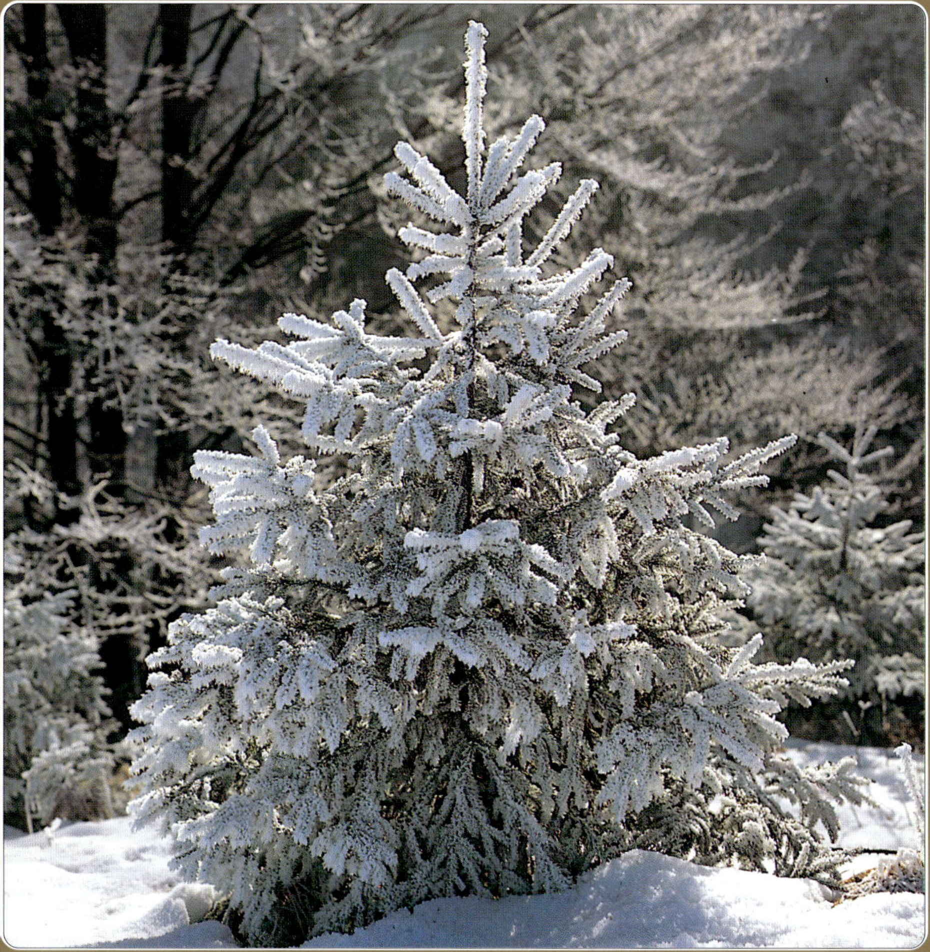

21. Dezember

Wie der Mensch in seiner Vollendung das edelste
aller Geschöpfe ist, so ist er, losgerissen von Gesetz und
Recht, das schlimmste von allen. *Aristoteles*

22. Dezember

Es muss Herzen geben, welche die Tiefe unseres Wesens
kennen und auf uns schwören, selbst wenn die ganze Welt
uns verlässt. *Karl Gutzkow*

23. Dezember

Halte dich an's Schöne!
Vom Schönen lebt das Gute im Menschen
und auch seine Gesundheit. *Ernst von Feuchtersleben*

24. Dezember

Warum geht ihr nur aus? Warum bleibt ihr nicht bei euch
selber und greift in euren eigenen Schatz?
Ihr tragt doch alle Wirklichkeit dem Wesen nach in euch!

Meister Eckhart

25. Dezember

Wenn man sich an der Jugend reibt,
wird man selbst wieder jung. *J. W. Goethe*

26. Dezember

Der Siege göttlichster ist das Vergeben. *Friedrich Schiller*

27. Dezember

Es ist ein Grundirrtum,
Heftigkeit und Starrheit Stärke zu heissen. *Thomas Carlyle*

28. Dezember

Wer sich viel mit Menschen herumärgern muss,
erholt sich am besten davon in Büchern. *Adolf Spemann*

29. Dezember

Man hat nur dann ein Herz, wenn man es für andere hat.

Friedrich Hebbel

30. Dezember

Tue das Gute und wirf es ins Meer,
Sieht es der Fisch nicht, so sieht es der Herr. *Östliche Weisheit*

31. Dezember

Im neuen Jahr Glück und Heil;
Auf Weh und Wunden gute Salbe!
Auf groben Klotz ein grober Keil!
Auf einen Schelmen anderthalbe. *J. W. Goethe*

Autoren-Verzeichnis

Angelus Silesius 8
Arabisches Sprichwort 21
Aristoteles 96
Arndt Ernst Moritz 5
Augustinus 77
Aymé Marcel 69

Bamm Peter 29
Beethoven Ludwig van 36
Benn Gottfried 64
Benrath Henry 89
Bernanos Georges 45
Bezzel Hermann 52
Binding Rudolf Georg 2
Bierce Ambrose 68
Bismarck Otto von 16
Bloy Leon 81
Blumenthal Oskar 21
Bodenstedt Friedrich von 33, 81
Böll Heinrich 85, 94
Börne Ludwig 9
Bosshart Jakob 66
Bouteweck France 80
Brasilianisches Sprichwort 52
Brecht Berthold 44
Brentano Clemens 37
Brock Erich 29
Buck Pearl 41
Burckhardt Jacob 42
Burckhardt Carl Jakob 9, 17
Busch Wilhelm 8, 10
Byron Lord 14

Calderon 22
Callwood June 25
Carlyle Thomas 92, 97
Chinesisches Sprichwort 40, 65
Claudius Matthias 77, 85
Cobbett William 61
Curtius Ernst 30

Dänisches Sprichwort 66
Dante 54
Dean Gordon 61
Diderot Denis 4
Duché Jean 28
Dunin Stanislaus 45
Durrell Lawrence 41

Ebner-Eschenbach Marie von 18, 41, 89
Emerson Ralph Waldo 29, 34
Esra Mosche Ibn 56
Eulenberg Herbert 49

Feuchtersleben Ernst von 38, 96
Feuerbach Anselm 12
Feuerbach Henriette 70
Feuerbach Ludwig 24
Fichte Johann Gottlieb 84
Flaischlen Cäsar 74
Förster Friedrich Wilhelm 40
Förster Karl 44, 64
Fontane Theodor 61, 72
Ford Henry 57
Franz von Sales 26, 32
Französisches Sprichwort 2
Friedrich der Grosse 13
Frieling Rudolf 5

Autoren-Verzeichnis

Gandhi Mahatma 18, 93
Geibel Emmanuel 36, 86
Gellert Christian 65
Gide André 82
Glaser Oscar 78
Goerres Ida Friederike 16
Goethe J. W. 6, 13, 25, 36, 49, 57, 64, 73, 81, 84, 96, 97
Goetz Curt 68
Gorki Maxim 61
Gottfried von Strassbourg 54
Gotthelf Jeremias 48, 78
Gracian Balthasar 34, 44
Grossmann Wassili 32
Güll Friedrich 18
Gutzkow Karl 4, 96

Hagedorn Friedrich von 14
Hauptmann Carl 80
Hauptmann Gerhard 25, 88
Hausspruch 48, 54, 57, 72
Hebel Johann Peter 94
Hebbel Friedrich 72, 97
Heinse Wilhelm 41, 65, 81
Heraklit 70
Herder Johann Gottfried 60, 76
Heuschele Otto 33, 84
Heyse Paul 4, 32, 49
Hieck Theodor 26
Hiltbrunner Hermann 12
Hilty Carl 12, 24, 64, 89, 92
Hindenburg Paul von 36

Hippokrates 46
Hölderlin Friedrich 93
Hölty Ludwig 20
Hofmannsthal Hugo von 53
Horaz 13
Huch Ricarda 81
Humboldt Wilhelm von 26, 45, 57, 77
Hutten Ulrich von 4

Ibsen Henrik 72, 76
Indische Weisheit 33, 82
Italienisches Sprichwort 2, 12
Japanisches Sprichwort 58
Jaspers Karl 69
Jean Paul 8, 17, 22, 40, 49, 92
Johannes XXIII. 36
Johnson Samuel 46
Jonas Emil 50
Joubert Joseph 22, 93
Jüdisches Sprichwort 40
Jünger Ernst 61, 74
Jünger Friedrich Georg 73
Jung Carl Gustav 38
Jungk Robert 85

Kafka Franz 30
Kant Immanuel 21, 28
Keller Gottfried 4, 50, 70, 73, 86
Kennedy John F. 46
Kentenich J. 53
Kerner Justus 94
Kierkegaard Sören 21
Knapp Martin 62
Knittel John 10
Konfuzius 6

Autoren-Verzeichnis

Körner Theodor 60
Kübler-Ross Elisabeth 68

Lampo Hubert 32
Laotse 18
La Rochefoucauld 13, 20, 49, 62, 76, 90
Le Fort Gertrud von 8
Lehmann Wilhelm 10
Lhotzky Heinrich 13
Lichtenberg Georg Christoph 8, 38, 64, 78
Löns Hermann 21
Logau Friedrich von 16, 48, 56, 69

Macmillan Harold 90
Mann Heinrich 20
Marezoll Friedrich 5
Margolius Hans 6
Marwitz Bernhard von 88
Matthisson Friedrich 78
Maugham William Somerset 82
Maurier Daphne du 66
Meister Eckhart 96
Meyer Conrad Ferdinand 26
Montaigne Michel de 44, 54
Müller Johannes 38
Müller Wilhelm 74
Münchhausen Freiherr von 82

Napoleon I. 48
Nestroy Johann 30, 84, 94
Newmann John Henry 62
Nicodemus 73

Nietzsche Friedrich 12, 14, 66
Nöthig Theobald 53

Oeser Friedrich 58
Oeser Hermann 24
Östliche Weisheit 97
Ovid 88

Peale Norman Vincent 77
Pestalozzi Heinrich 58, 60, 85
Petrarca Francesco 29
Poliakoff Serge 2
Puschkin Alexander 56

Raabe Wilhelm 77
Raimund Ferdinand 45
Rathenau Walther 34
Rinser Luise 9
Rittmeyer Friedrich 9
Rodenberg Julius 32
Rothe Richard 53
Rückert Friedrich 16, 22, 40, 41, 90
Russel Bertrand 29, 81
Russisches Sprichwort 25, 56, 62

Schaukal Richard von 60, 73
Schefer Leopold 74, 84
Scheffel Joseph Victor 28
Schieber Anna 65
Schiller Friedrich 17, 45, 70, 97
Schleiermacher Friedrich 34
Schneider Reinhold 42
Schnitzler Arthur 52
Schönthan Franz von 69
Schopenhauer Arthur 28, 30, 50, 58, 76, 93

Autoren-Verzeichnis

Schröder Rudolf Alexander 14
Schroer Gustav 14
Seneca 9, 25, 41, 48, 70, 89
Shakespeare William 10, 22, 26, 46, 86, 94
Shaw George Bernard 5, 18, 37, 53, 65, 80
Spemann Adolf 97
Sprichwort 5, 6, 10, 24, 42, 52, 62, 69, 80, 85, 88, 90
Stählin Wilhelm 78
Stehr Hermann 37, 46, 56
Steiner Rudolf 72
Sterne Lawrence 65
Stifter Adalbert 90
Storm Theodor 9
Strassburg Gottfried von 54
Strauss David Friedrich 66
Sutermeister Otto 30

Tagore Rabindranath 34
Talmud 24
Tersteegen Gerhard 42
Thomas von Aquin 60
Tiedge August 68
Tillich Paul 50
Tolstoi Leo 76, 86
Toulouse-Lautrec Henri de 92
Trine Ralph Waldo 20
Trojan Johannes 2
Tschechow Anton 57
Türkisches Sprichwort 33

Ungarisches Sprichwort 88

Valentin Karl 68
Vaswani T. L. 37
Vauvenargues 50, 82
Vergil 6
Voltaire 74

Wagner Richard 37
Walter Silja 16
Waugh Evelyne 42
Weber Carl Maria von 92
Weber Karl Julius 20, 33, 52
Weizsäcker Carl Friedrich von 38
Werfel Franz 28
Wiechert Ernst 9
Wieland Christoph Martin 25
Wilbrandt Adolph 86
Wildgans Anton 93
Würthner Hans 58

Ziel Ernst 80
Zinzendorf Graf von 89
Zweig Stefan 44

Text- und Bildwahl: Eugen Hettinger

Fotos von: Friedrich Bormann 3, 19, 47, 91, 95
Roland Gerth 7, 27
Eugen Hettinger 11, 15, 23, 31, 35, 39, 43, 55, 67, 71, 75, 87, Umschlag Rückseite
Rudolf Rauth 51, 59, 63, 79, 83, Umschlag

Copyright 1996 by Leobuchhandlung, Quellen-Verlag
CH-9001 St.Gallen
Printed in Switzerland

Modèle déposé BIRPI

In der Reihe Lichtquellen und in gleicher Aufmachung sind bisher erschienen:

- Freude für Dich – 365 Worte zum Tag
- Hoffnung für Dich – 365 Worte zum Tag
- Zuversicht für Dich – 365 Worte zum Tag
- Glück für Dich – 365 Worte zum Tag
- Geborgenheit für Dich – 365 Worte zum Tag
- Lebensfreude für Dich – 365 Worte zum Tag

Gedanken zu einem positiven Leben – H. Jackson Brown Jr.

Beobachtungen und
…schläge für ein sinnvolles Leben
Jackson Brown

Frieden für Dich
Die frohe Botschaft
und
Lob der Bibel
Zeugnis grosser Menschen

Ausgewählte Bibeltexte mit
Schlagwortverzeichnis
und Zeugnis grosser Menschen